LA SPOSA APPREZZATA

SERIE SUI MÉNAGE DI BRIDGEWATER - 4

VANESSA VALE

Copyright © 2019 by Vanessa Vale

Tutti i diritti riservati. Nessuna parte di questo libro può essere riprodotta o trasmessa in qualunque forma o mezzo, elettrico, digitale o meccanico, incluso ma non limitato alla fotocopia, la registrazione, la scannerizzazione o qualunque altro mezzo di salvataggio dati o sistema di recupero senza previa autorizzazione scritta da parte dell'autore.

Vale, Vanessa
Titolo originale: Their Treasured Bride

Cover design: Bridger Media
Cover graphic: PPeriod Images; fotolia.com- Outdoorsman

ISCRIVITI ALLA NEWSLETTER

Unisciti alla mailing list per essere informato per primo su nuove uscite, libri gratuiti, premi speciali e altri omaggi dell'autore.

http://vanessavaleauthor.com/v/db

1

EBECCA

Il viaggio era stato lungo. Se avessi dovuto comporre una lettera per un parente prossimo, era ciò che vi avrei scritto. Non ci si lamentava né si mostrava mai alcun disagio, specialmente quando la missiva non sarebbe stata recapitata per mesi. A giudicare dal disastro avvenuto e dal ritardo assicurato, una lettera avrebbe raggiunto il Territorio del Montana ben prima di me. Sin da Chicago, avevo cavalcato da sola, senza accompagnatore. Sarebbe stato meglio se ne avessi avuto uno, ma non c'era nessuno che conoscessi che avrebbe voluto avventurarsi nelle terre selvagge e agitate degli indiani. Non mi ci sarei voluta avventurare nemmeno io, ma la scelta non era mia. Per cui avevo proseguito la cavalcata su un cavallo preso in prestito per essere accolta non da mio marito, bensì da un lavoratore del ranch. Lui mi aveva indirizzata verso la più grande delle case che costellavano il paesaggio quasi privo di alberi.

Questa volta, quando rallentai il cavallo, non venni accolta da un uomo, bensì da molti. Non avevo idea di quale appartenesse a me o – meglio – a quale appartenessi io. Molti avevano i capelli scuri, alcuni ce li avevano chiari, un altro era rosso, tuttavia erano tutti robusti, muscolosi e decisamente bellissimi. Non erano i classici uomini che si muovevano all'interno delle cerchie di mio padre nell'elite di Londra. Questi avevano uno sguardo diretto, un portamento possente e sembravano aver *vissuto* la vita invece di osservarla dai margini. Questi uomini si sporcavano le mani invece di pagare qualcuno affinché lo facesse per loro. Ciò li rendeva formidabili e piuttosto spaventosi, dal momento che non mi era stato insegnato come gestire un tale predominio. Uno di quegli uomini era mio marito? Il mio sguardo si spostò dall'uno all'altro, ma nessuno si fece avanti come se si fosse aspettato il mio arrivo. Forse avevo davvero viaggiato più rapidamente di una lettera, dopotutto.

Un uomo scese i gradini della veranda e mi si avvicinò. «Buon pomeriggio.»

«Buon pomeriggio,» risposi con un leggero cenno del capo.

Quattro donne, con sorrisi incuriositi, ma coinvolgenti, si unirono agli uomini sulla veranda.

«Benvenuta a Bridgewater. Io sono Kane,» disse l'uomo.

Annuii nuovamente e strinsi le redini in una presa ferrea, sperando che fosse l'unico segno visibile del mio nervosismo. *Ecco* il momento, quello che attendevo da tre mesi, ed ero terribilmente nervosa. Non potevo farmi rispedire in Inghilterra, dal momento che ero legalmente unita ad uno degli uomini in quel gruppo. Di certo lui non mi avrebbe rifiutata e rimandata a casa in disgrazia, no? Poteva farlo? Avrei dovuto vivere lì, in una terra così diversa dalla mia, e in quel momento non riuscivo a decidere quale opzione fosse la peggiore.

«Signor Kane, io mi chiamo Rebecca Montgomery, sono qui per incontrare il signor McPherson.»

Alla mia affermazione, due uomini si fecero avanti. Entrambi avevano i capelli chiari e si assomigliavano al punto che pareva ovvio che fossero imparentati, per quanto uno fosse leggermente più alto, leggermente più robusto e leggermente più intimidatorio e mi fece battere forte il cuore. Poteva essere stato perché mi stava fissando in una maniera tale da farmi credere di essere in grado di leggermi fin nell'anima. Per quanto il suo sguardo fosse intenso, ebbi la sensazione che il suo interesse fosse rivolto solamente a me. Se qualcuno avesse sparato un colpo di pistola, dubito che lui avrebbe anche solo battuto ciglio.

«Quale McPherson stai cercando, ragazza?» Me lo chiese quello più basso dei due, con la voce profonda, chiara e divertita. La sua domanda mi fece distogliere lo sguardo dall'altro.

Deglutii, dal momento che sembrava che mio marito fosse uno di loro due.

«Il signor Dashiell McPherson.»

«Cosa vorresti da lui?» domandò quello robusto. Il suono della sua forte parlata scozzese mi fece venire la pelle d'oca sulle braccia e non avevo nemmeno freddo.

Lo guardai nei suoi occhi chiari, ignorando chiunque altro, e mi leccai le labbra, mentre sollevavo leggermente il mento. «È mio marito.»

Entrambi gli uomini inarcarono le sopracciglia alle mie parole, chiaramente sorpresi dalla mia affermazione.

«E come vi sareste sposati?» mi chiese il signor Kane al mio fianco. Anche lui era curioso, così come le donne che stavano bisbigliando tra di loro. A parte uno sguardo sorpreso o due, gli uomini si mostrarono invece più riservati riguardo le proprie emozioni. Era già venuta una donna in passato a sostenere di essere la sposa di qualcuno?

«Se n'è occupato mio fratello, Cecil Montgomery.»

«Ah, sì, Montgomery. Davvero un bravo agente,» rispose il McPherson più basso, facendo un passo indietro. «Per quanto tu sia piuttosto attraente, io ho già rivendicato una sposa.» Una bellissima donna dai capelli scuri scese i gradini per unirsi a lui. Chiaramente si trattava di sua moglie e stava rendendo nota la cosa. Lui le passò un braccio attorno alla vita e le diede un bacio sulla fronte, ma mi fece l'occhiolino.

«E con ciò resto io, ragazza.» Mi voltai per guardare l'uomo che mi aveva fatto battere forte il cuore. «Io sono Dashiell McPherson.» Per quanto il McPherson sposato fosse piuttosto attraente, era quello che avevo di fronte a farmi accelerare il respiro, a farmi sudare i palmi delle mani dentro i guanti e a farmi sentire le farfalle nello stomaco. Aveva i capelli biondo scuro, tagliati corti ai lati e più lunghi in cima dove gli ricadevano sulla fronte. I suoi occhi azzurro ghiaccio trafiggevano i miei ed io mi sentivo come un insetto schiacciato a terra. «Magari potresti spiegarti, dal momento che io di certo me ne ricorderei, se avessi trascorso una notte di nozze assieme a te.»

DASH

Non mi ero aspettato di ritrovarmi sposato per pranzo. Quella donna non era una ragazzina qualunque. Se ne stava seduta come se avesse avuto un manico di scopa al posto della spina dorsale. Il suo abito era di un verde scuro che faceva risaltare i suoi capelli neri e, con la pelle chiara e le curve abbondanti, era molto attraente. Bah, era bellissima. Erano i suoi occhi, però, perfino sotto l'ampia tesa del suo capello, che dicevano ciò che non esprimeva a parole. Aveva paura; tuttavia, il modo in cui teneva sollevato il mento celava il suo coraggio nell'arrivare fin lì a cavallo e rivendicare uno sposo. Il suo accento era quello di una donna inglese ben educata e di buona famiglia.

Di fronte alla mia palese mancanza di raffinatezza, la sua unica reazione visibile fu un leggero assottigliamento dello sguardo.

«Dov'è tuo fratello?» Quell'uomo piaceva abbastanza a tutti che gli avevamo scritto e lo avevamo invitato ad unirsi a noi lì a Bridgewater. Non aveva preso parte alle azioni disoneste e letali del nostro ufficiale comandante ed era riuscito a tornare in Inghilterra e alla sua vita senza venire privato del proprio rango o della propria reputazione. Avevamo sperato che si sarebbe unito a noi e sembrava sul punto di farlo, ma non sapevamo che avrebbe portato con sé una sorella.

Lei sollevò ancora di più il mento. «È morto.» Le sue parole furono chiare e non mostrarono nemmeno una traccia di lutto.

Montgomery era morto? Lei era molto più giovane di suo fratello, forse di quindici anni o più, e lui vi aveva accennato durante il nostro periodo nel Mohamir. Doveva essere stata una bambina, all'epoca. Magari era stata figlia di un secondo matrimonio di uno dei suoi genitori ed era stata relegata al sicuro in camera sua? «Ah, ragazza, sei venuta fin qui tutta sola?»

La sola idea mi fece digrignare i denti.

«Non per tutto il viaggio.» Scosse la testa. «È morto a Chicago.»

«Come?»

«È caduto da cavallo. Inizialmente non è stato nulla,» spiegò. «Ne ha riso come se non fosse stato tipo da farsi male a cavallo. Il giorno dopo, gli è venuta la febbre e ha cominciato a sentirsi male. Era evidente che ci fossero dei danni interni e sapeva che sarebbe mancato.»

Abbassò lo sguardo sulle mani guantate che tenevano le redini, poi lo risollevò su di me.

«Non eravamo uniti, ma lui provava un senso di protezione nei miei confronti, dal momento che mi aveva portata via dall'Inghilterra con sè. Una volta compreso di stare morendo, non voleva lasciarmi sola senza alcun tipo di sicurezza, ecco perchè, nel poco tempo che gli è rimasto, mi ha data in sposa a voi. Un matrimonio su delega.»

«E tu hai acconsentito?»

«Le mie... scelte erano limitate,» rispose.

Limitate, o inesistenti?

«Hai avuto un accompagnatore per il resto del viaggio?»

Sembrava che le avessi chiesto se il sole tramontasse ad ovest. «Ma certo che ho avuto un accompagnatore. La signora Tisdale – una donna di Chicago – mi ha scortata fino a quando non siamo scese dalla diligenza in città. Si sarebbe unita a me per l'ultima parte del viaggio fino al Ranch di Bridgewater, ma non voleva restare in un ambiente tanto desolato ed è risalita sulla diligenza diretta ad est all'alba di questa mattina.»

Osservando la distesa di terra facente parte di Bridgewater fino a perdita d'occhio, il ragionamento della donna era valido. *Era* desolata. Era uno dei motivi per cui quel luogo era stato scelto dai miei amici di reggimento che avevano fondato per primi quel posto – il suo isolamento. Andava bene per un gruppo di persone che volevano restare nascoste, ma non faceva al caso di tutti. «Le era stato detto che non ci sarebbe stata un'altra diligenza per quasi una settimana e non aveva intenzione di perdersela.»

Riucivo ad immaginarmi quella donna che praticamente correva dietro alla carrozza per farsi portare via da lì. La gente di città non durava a lungo nel Territorio del Montana. Per quanto riguardava la signorina Montgomery – no, sembrava che fosse la signora McPherson, adesso – solo il tempo avrebbe saputo dire se fosse in grado di vivere in una terra tanto straniera. La sua voce aveva l'accento compassato di una signorina inglese ben educata. Il modo in cui manteneva un tono di voce piatto e quasi riservato convalidava quel pensiero. La vita di società a Londra era tanto diversa dal Montana come lo erano il giorno e la notte.

«Non volevi tornare indietro con lei?»

Tirò su col naso. «Non mi faccio intimidire come la signora Tisdale.»

Sì, sembrava molto coraggiosa.

Infilando una mano tra le pieghe della gonna, estrasse un foglio di carta piegato e me lo porse. «Ecco.»

Mi avvicinai e glielo presi dalla mano esile. Era così puritana e formale che fece ben attenzione a non sfiorare le mie dita con le sue nonostante fossero coperte da guanti di capretto.

Aprii il foglio e lo lessi. Era effettivamente una licenza di matrimonio e sembrava ufficiale. Assieme ad essa, c'era un pezzo di carta più piccolo.

Non era mia intenzione morire per una caduta da cavallo! Trovandomi in terra straniera e lasciando Rebecca da sola, non riesco a pensare ad un altro modo per proteggerla che non sia unirla a voi. Tornare in Inghilterra non è nemmeno da prendere in considerazione, e sono certo che voi la tratterete bene e con onore. Per quanto desideri vedere il vasto Territorio del Montana di cui mi avete scritto, mi dà pace nei miei ultimi istanti sapere che la proteggerete a costo della vostra vita. Mia sorella, testarda e sempre protetta, necessita di un matrimonio basato sulla tradizione del Mohamir e sui valori che si trovano a Bridgewater. Confido nel fatto che ve ne occuperete.

Il vostro amico,
C. Montgomery

Ero sposato.

Quando ripiegai la lettera, le lanciai un'occhiata. La sua espressione era controllata e molto riservata, nonchè molto *inglese*. Avrei pensato che sarebbe stata indolenzita per via della lunga cavalcata dalla città. Avrei perfino pensato che sarebbe stata diffidente di tutti quei volti nuovi, ma lei non mostrava alcuna di quelle emozioni. Era un tratto decisamente britannico, specialmente di donne il cui destino era quello di fare da ornamento ad uno sposo e nulla più. Se le avessi chiesto come stava, molto probabilmente lei mi avrebbe risposto con un semplice commento sfuggevole che distogliesse l'attenzione da sè. Era segno del tipo di educazione che aveva ricevuto e decisamente *non* del genere di donna che avrei cercato come moglie.

Avrebbe imparato che nascondere le proprie emozioni non sarebbe stato necessario, né desiderato. «A meno che tu non abbia intenzione di fuggire ora che mi hai visto, lascia che ti aiuti a smontare da cavallo.»

Dal momento che aveva cavalcato all'amazzone, tenne la mia mano abbastanza a lungo da far passare una gamba sopra al pomello della sella mentre io facevo un passo avanti e la afferravo in vita per posarla a terra. Sentii le sue curve sotto le mani, la vita stretta per via di un corsetto molto rigido, ma riuscivo a sentire i suoi fianchi pieni contro le dita. Per quanto non fosse pesante, non era nemmeno un fuscello. In effetti, era perfetta per un uomo della mia stazza – e di quella di Connor.

Io ero molto alto, più alto della media, ma una volta in

piedi, lei mi arrivava solamente al mento. Piegò indietro la testa per guardarmi da oltre la tesa del suo cappello. La percepii che provava a indietreggiare per divincolarsi dalla mia presa, ma io la trattenni un attimo più del necessario. In quel lasso di tempo, mi chiesi che sensazione mi avrebbe dato senza le stecche del corsetto a contenerla – se sarebbe stata meravigliosamente piena e florida come me la immaginavo.

Kane condusse il suo cavallo accanto agli altri ad una delle ringhiere di sosta. Eravamo giunti da diverse parti del ranch per il pasto di mezzogiorno e ci saremmo dispersi nuovamente dopo mangiato.

«C'è stato un errore sul documento,» dissi.

Lei spalancò gli occhi e si leccò le labbra. «No, nessun errore.» La sua voce era leggermente meno sicura di prima.

Sollevai una mano. «Non metto in dubbio la validità di questo documento, né le intenzioni di tuo fratello nella lettera che mi ha scritto. Onorerò entrambe. Onorerò *te*.»

Per quanto le sue spalle non si afflosciarono, riuscii a percepire il suo sollievo. Sollievo non per il fatto che saremmo rimasti sposati, ma forse più per il fatto di non essere stata rifiutata. Migliaia di miglia erano un lungo viaggio per venire respinta.

«L'errore sta nel fatto che viene indicato solamente il mio nome come tuo sposo. Connor,» chiamai.

Mentre mantenevo lo sguardo fisso su Rebecca, sentii dei passi sui gradini di legno, poi sul terreno duro. Gli occhi di Rebecca si spostarono da me a Connor, che ora stava in piedi al mio fianco.

«Posso presentarti quella che era la signorina Rebecca Montgomery, la nostra sposa?»

«La nostra... *nostra?*» Lei si accigliò, la prima traccia di emozione che dimostrava. «Non capisco.»

«Non sei sposata solamente con me.» Piegai la testa in direzione di Connor. «Sei sposata anche con Connor.»

Lei spalancò la bocca così che riuscii a vedere una linea dritta di denti bianchi, mentre faceva scorrere lo sguardo tra noi due. Quando Connor annuì, la vidi impallidire e svenne subito, dritta tra le sue braccia.

2

EBECCA

«Si sta svegliando ora.» Sentii le parole, ma decisi di ignorarle. Mi trovavo su un letto comodo e non volevo svegliarmi. I letti nelle pensioni e negli alberghi erano stati grumosi o rigidi, ma quello era morbido e comodo.

«Pensi sia soggetta spesso a svenimenti?»

Erano voci di uomini quelle che sentivo. Uomini? Svenimenti? Io non svenivo mai. Pensavano che fossi di costituzione debole? Chiunque fosse aveva bisogno di essere contraddetto. Io non mi ammalavo mai, non svenivo mai, nemmeno per finta per attirare l'attenzione come qualche ragazzina scialba che avevo conosciuto a scuola.

Quando aprii gli occhi, mi resi conto all'istante di non trovarmi in un letto, né in Inghilterra e né tantomeno in qualche remota pensione e che ero decisamente svenuta.

A incombere su di me c'erano due uomini che mi guardavano attentamente. Erano in ginocchio sul pavimento davanti a me, mentre io mi trovavo sdraiata su un divano, ma vista la loro enorme stazza, dovevo comunque sollevare lo sguardo per vederli. Mi alzai a sedere e la stanza vorticò per un istante.

«No, non correre. Non vorrai svenire di nuovo,» disse quello dai capelli biondi. Era Dashiell McPherson ed era mio marito. Era piuttosto attraente.

La scelta di mio fratello di darmi in sposa a lui mi aveva preoccupata sin da Chicago. Mi avrebbe unita ad un uomo che avrei trovato sgradevole? Mi avrebbe incatenata a qualcuno di crudele, o un giocatore d'azzardo, o un ubriacone? Non avrei saputo dire per il resto, ma di certo era attraente. Come i suoi capelli, anche i suoi occhi erano chiari. Gli si formavano delle piccole rughe attorno come se fosse stato uno che sorrideva con gli occhi oltre che con la bocca. Un volto marcato nascondeva una traccia di gentilezza. Aveva la mascella squadrata, il naso lungo, le labbra piene. Mi ritrovai a fissargli la bocca e mi resi conto di quanto fossi sfacciata. Tirai indietro le spalle e mi sentii arrossire.

«Io non svengo,» dissi, stringendomi le mani in grembo.

Lui piegò un angolo della bocca verso l'alto in un sorriso. «No. Ma certo, non l'hai fatto.»

«Ti abbiamo sconvolta abbastanza. Non c'è da meravigliarsi che tu sia svenuta. Se mi fossi ritrovato io di fronte a due belle ragazze con le quali fossi stato sposato, sarei di sicuro svenuto all'istante.» Dove l'altro era luce, Connor era ombra. Capelli scuri, occhi scuri, pelle abbronzata. Tutto di lui era più grande – se fosse stato possibile – e per quanto occupasse più spazio, sembrava più rilassato, più a proprio agio del suo amico. La sua risposta scherzosa confermava la mia valutazione.

Ovviamente, Connor – non conoscevo nemmeno il suo cognome – stava cercando di alleggerire la situazione, tuttavia era impossibile. Insistevano sul fatto che fossi *sposata* con entrambi. Era un'idea del tutto folle! «Di certo prima vi ho sentito male. Non posso essere sposata con due uomini.»

«Sei sposata con me,» McPherson si indicò il petto, «ma qui a Bridgewater, seguiamo le regole di matrimonio rigide e onorevoli del Mohamir secondo cui una donna viene protetta all'interno dell'unione da più di un uomo.»

«Mohamir? Vi state riferendo al paese vicino alla Persia?»

Entrambi annuirono. «Sì. Eravamo stazionati lì, assieme a tuo fratello, con il nostro reggimento,» replicò Connor. «Di certo Montgomery ti avrà parlato del nostro legame durante il vostro viaggio.»

L'aveva fatto, ma non mi fu concesso tempo per rispondere, dal momento che una donna parlò dalla porta.

«Oh, bene, sei sveglia. Connor, lasciala respirare. Sei troppo grande per starle così addosso, anche se sei inginocchiato per terra.»

Lui si mostrò contrito e un po' deluso, ma si alzò e si spostò come richiesto. Io dovetti piegare all'indietro il mento per guardargli le spalle.

«Io sono Emma e questa è la piccola Ellie. Sta mettendo i denti per cui l'hai beccata in un momento felice, altrimenti è sempre agitata e irascibile.» Si sedette, costringendo il signor McPherson ad alzarsi e indietreggiare a sua volta per evitare di essere travolto dalle sue gonne. «Sono abituata agli uomini e ai loro dialetti, ma è fantastico sentire una donna parlare con un accento tanto adorabile. Il tuo assomiglia decisamente più a quello di Kane che non di Ian, per cui ne deduco che tu sia inglese.»

Sua figlia, di forse sette o otto mesi, le stava seduta felicemente in grembo a masticare una grande crosta di pane, la bava che le colava sul mento e sull'abitino.

«Sì,» risposi. «Vengo da Londra, ma ho frequentato la scuola nel Shropshire.» Ellie mi distraeva; perfino una donna del mio contegno non poteva evitare di sciogliersi alla vista di una bambina. Aveva i capelli scuri e gli occhi azzurri di sua madre.

«Io sono sposata con Kane-» esordì Emma.

«E con me.» Un uomo decisamente robusto entrò nella stanza in quell'istante, gli occhi fissi solamente sulla bambina. Se la prese in braccio e le strusciò leggermente il naso contro. «Io sono Ian e tu sei la benvenuta qui. Stavamo per consumare il nostro pasto di mezzogiorno, quando sei arrivata e sono certo che tu abbia fame.» Rivolse il proprio sguardo caloroso alla moglie. «Vieni, ragazza, lasciamo che siano i suoi uomini a occuparsi di lei.»

Ian le porse una mano ed Emma la prese. Lui la condusse fuori dalla stanza mentre teneva in braccio la bimba felice, ma Emma mi rivolse un'ultima occhiata e mi sorrise.

Non ero tanto abituata ad avere della gente attorno che si preoccupasse per me. Il collegio che avevo frequentato non era stato un luogo di calore o di affetto. Cecil si era mostrato gentile e protettivo nei miei confronti, tuttavia io avevo trascorso del tempo con mio fratello solamente per meno di un mese a Londra prima che ci imbarcassimo per lasciare l'Inghilterra. Ora lui non c'era più e mi aveva lasciata del tutto sola al mondo.

Abbassai lo sguardo di fronte a quella triste realtà. Mi aveva lasciata sola? Ora avevo *due* mariti. Uno degli uomini si mosse interrompendo i miei pensieri ed io mi resi conto di avere le mani nude.

«Dove sono i miei guanti?» chiesi, guardando i miei palmi aperti. Fu allora che mi resi conto che il collo alto del mio abito non era più così restrittivo come avrebbe dovuto essere. C'erano un paio di bottoni slacciati. «Il mio abito!» Mi portai una mano al collo per tenere chiuso il colletto in pizzo.

«Avevi bisogno di respirare e non ti servivano dei guanti.

L'autunno è fresco, ma non abbastanza da necessitare di guanti dentro casa,» disse il signor McPherson.

Lanciai un'occhiata al bracciolo del divano su cui erano posati i miei guanti. Mi rilassai giusto un po', sapendo che non avevano intenzione di tenermeli lontani.

«Sei al sicuro qui, ragazza.»

«Non vi conosco, nonostante siate mio marito, e non so se le vostre parole siano vere.»

Il signor McPherson si alzò lentamente, ergendosi in tutta la sua altezza per mettersi spalla contro spalla con Connor. «Sì, è vero che non conoscevi me, Connor o chiunque altro qui a Bridgewater. Siamo un gruppo d'onore. Io e Connor ti diremo sempre la verità, faremo sempre ciò che è meglio per te, che a te piaccia o meno. Siamo uomini d'onore e non lo metterai mai più in dubbio.»

Mi sentii arrossire di fronte a quel rimprovero. Anche Cecil era stato onorevole e avrei dovuto sapere che i suoi compagni soldati l'avrebbero pensata allo stesso modo. Potei offrire solamente un piccolo cenno del capo in risposta, dal momento che di certo lo avevo offeso.

«Vieni, il pranzo si sta freddando.» Il signor McPherson mi porse la mano. Il profumo di pane appena sfornato e carne condita riempiva l'aria ed io avevo fame. Rapidamente, mi richiusi i bottoni sulla gola prima di accettare la mano che mi veniva offerta. La sua presa fu gentile, la pelle calda mentre mi conduceva nella sala da pranzo, gli occhi fissi su di me.

C'erano tre posti liberi; chiaramente gli altri ne avevano aggiunto uno per me. Era piuttosto sconvolgente con quanta facilità – e senza alcuna traccia di sorpresa – mi avessero aggiunta al loro gruppo. Accadeva spesso che una donna comparisse sulla porta annunciando di essere sposata con uno degli uomini? Se fossimo stati in Inghilterra, sarei stata considerata una specie di donnaccia per essermi sposata in segreto, dal momento che i matrimoni affrettati significavano una cosa sola. Azioni vergognose. Sarei stata respinta invece di venire inclusa senza che mi fosse posta alcuna domanda.

Mentre venivano passati vassoi e ciotole, Connor fece le presentazioni.

«Facendo il giro del tavolo a partire da me e spostandoci verso destra, ci sono Andrew, Robert e la loro moglie Ann.» Mi offrirono un saluto, ma quando un bambino seduto tra di loro fece cadere a terra un cucchiaio, la loro attenzione si spostò. «Quello sul seggiolone è Christopher. Ha quasi un anno.»

La piccola donna bionda era sposata con entrambi quegli uomini? A Connor arrivò un vassoio di polli e lui mi offrì la forchetta di portata, distogliendomi dai miei pensieri.

Mi servii mentre proseguiva. «Dopo Robert ci sono Cross, Simon, Olivia e Rhys.»

La donna, Olivia, seduta proprio davanti a me, mi sorrise in maniera rassicurante. «Io sono stata l'ultima ad unirmi a questa insolita famiglia, per cui riesco ad immaginarmi bene come tu ti stia sentendo. Sono giunta a Bridgewater solamente da Helena, non da tanto distante quanto l'Inghilterra. *Io* ho scoperto, molto tardi una notte, che avrei sposato *tre* uomini.» Lanciai un'occhiata agli uomini ai suoi lati, tutti quanti con uno sguardo adorante e possessivo. Era chiaro che a lei quella situazione non dispiacesse. In effetti, tutte e quattro le donne sedute a tavola sembravano felici e contente.

«Simon è mio fratello, nel caso non l'avessi intuito,» aggiunse il signor McPherson.

Connor proseguì con le presentazioni. «Accanto a Rhys ci sono Mason, Laurel e Brody seguiti da Kane, Ian ed Emma, che hai già conosciuto.»

«Per quanto questa sia la casa di Kane ed Ian, consumiamo insieme i pasti qui e facciamo a turno in quanto a cucinare e fare le pulizie,» aggiunse il signor McPherson.

Tutti avevano il piatto pieno e la conversazione cessò mentre mangiavamo. Avevo sentito dire in città che Bridgewater fosse un ranch ben gestito ed era chiaro dalla stazza degli uomini che non se ne stavano seduti con le mani in mano. Rimasi in silenzio per il resto del pranzo, dal momento che l'unica volta che avevo posto una domanda riguardo al suo onore avevo fatto arrabiare il signor McPherson e me ne vergognavo ancora. Non avevo bisogno che un intero gruppo di persone ce l'avesse con me dopo solamente un'ora dal mio arrivo.

Quando i piatti del dessert furono portati via, Dash ci scusò. «Sono felice che le pulizie tocchino ad altri, dal momento che credo sia giunto il momento di conoscere meglio la nostra sposa.»

Connor annuì ed io deglutii mandando giù la mia ansia e seguendoli fuori. Non mi ero mai trovata da sola con un uomo che non fosse un mio parente prima di allora. In effetti, ora che ci pensavo, ero stata da sola solamente con Cecil ed era accaduto durante il nostro viaggio dall'Inghilterra.

Andando verso il mio cavallo, Connor ne sciolse le redini dalla ringhiera e condusse l'animale fino a me. Il signor McPherson mi prese per la vita e mi sollevò con facilità in sella. Non ero una donna minuta, ma lo fece come se non fossi pesata nulla. Le sue mani grandi non si presero alcuna libertà, ma io sentii il suo tocco fin nel profondo e la cosa fu intimorente e... strana. Non avrei dovuto provare qualcosa di fronte al tocco di un uomo. Mi era stato inculcato, che fosse con la frusta o con un righello, che i desideri frivoli o i pensieri carnali erano segno di una donna facile che sarebbe stata rifiutata dal marito. Io *non* volevo essere rifiutata, perchè a quel punto dove sarei andata?

Lanciai furtivamente un'occhiata al signor McPherson. Stava in sella come se fosse nato a cavallo, i muscoli spessi delle cosce che tendevano i pantaloni. Aveva le mani grandi, le dita rozze. Il suo volto era in ombra sotto la tesa larga del cappello, eppure riuscivo a vedere la sua mandibola squadrata. La pelle in quel punto recava il segno della barba in ricrescita come quella di Connor? A quel punto lanciai un'occhiata anche a lui – l'altro mio marito – e riuscii chiaramente a vedere lo scuro accenno di barba sulle sue guance abbronzate.

Connor preparò il proprio animale e vi montò in sella. Io non ebbi altra scelta che far voltare il mio cavallo e seguirli. Loro mi si pararono ai lati, proprio come avevano fatto a tavola. Ero circondata e... protetta. Era una sensazione strana, per me, dal momento che ero stata sola per tutta la mia vita.

C'erano diverse case a costellare la prateria, poste a varie distanze l'una dalle altre e dagli edifici centrali del ranch – il bar, le stalle e altri piccoli fabbricati annessi. Fu ad una di queste case che ci dirigemmo.

Non era grande come quella di Ian, Kane ed Emma, ma era impressionante comunque. Mi ero immaginata delle case di terra, le tepee descritte nei romanzi venduti a pochi centesimi a Londra. Quell'edificio ampio si estendeva su un piano solo con delle pareti di un bianco accecante e un tetto rivestito in pietra, la porta d'ingresso al centro con delle finestre poste in maniera simmetrica a entrambi i lati. Le finiture e i dettagli potevano essere paragonati a quelli di case più eleganti in ambienti meno rustici.

Connor smontò da cavallo e si avvicinò al mio. «Non ti ho chiesto. Devi avere un bagaglio?»

Sollevò le mani ed io non ebbi scelta se non permettergli di farmi scendere a terra. La sua presa era diversa da quella del signor McPherson. Le sue mani erano più grandi, dei calli rozzi che si impigliavano nel tessuto liscio del mio abito, eppure il suo tocco aveva una riverenza che mi sorprendeva.

«Ce l'ho. Quando il proprietario della pensione ha scoperto che stavo venendo qui, si è offerto di tenere i miei bauli fino a quando non fosse stato possibile recuperarli.»

Entrambi gli uomini annuirono. Il signor McPherson aprì la porta d'ingresso e Connor mi ci condusse con la sua mano calda alla base della mia schiena. Una volta sulla porta, il signor McPherson mi prese in braccio ed io urlai sorpresa, portandomi una mano al cappello nonostante fosse ben saldo al suo posto. «Cosa... cosa state facendo?» domandai.

«Faccio attraversare la soglia di casa a mia moglie tenendola in braccio,» rispose lui. Sollevai lo sguardo sul suo volto e lo vidi che sorrideva, a quanto pareva compiaciuto delle sue azioni. Lo guardai mentre i suoi occhi chiari sostenevano i miei, per poi abbassarsi sulla mia bocca. Avevo il cuore che batteva forte e il fiato corto, come se fossi stata *io* a portare lui in braccio.

3

EBECCA

Prima che potessi chiedermi quali fossero le sue intenzioni, lui chinò la testa e mi baciò. Io trassi un brusco respiro per lo shock; non ero mai stata baciata prima e le sue labbra erano calde e morbide contro le mie. Il suo corpo, dov'era premuto contro il mio, era tutto muscoli, duro come la roccia e caldo come il peccato. Ebbi a malapena il tempo anche solo di rendermi conto delle sue azioni prima che lui sollevasse la testa. «Signor McPherson-»

«Dash,» sussurrò lui, i suoi occhi ora più scuri e concentrati solamente sulle mie labbra. «Sono tuo marito e puoi chiamarmi Dash.»

Lui chinò nuovamente la testa e questa volta il suo bacio non fu altrettanto delicato. In effetti, fu esigente. La sua bocca premette contro la mia, per poi aprirsi mentre la sua lingua mi leccava il labbro inferiore. Io trasalii al calore di quel tocco e lui ne approfittò per infilarmi la lingua in bocca.

Sapeva di torta di mela dal pranzo e di qualcosa di oscuro e pericoloso. Io risposi, ma non ero sicura di come fare, dal momento che non sapevo come si baciasse.

«Tocca a me.» Sentii quelle parole attraverso una nebbia spessa come quella di Londra.

Mi ero completamente dimenticata del fatto che Connor fosse in piedi alle nostre spalle e trasalii, scostandomi. Le mani del signor McPh- di Dash si strinsero su di me. Connor aveva assistito al bacio, al modo in cui avevo chiuso gli occhi, al modo in cui non avevo scacciato Dash. Oh Signore benedetto.

«Vi prego, mettetemi giù,» dissi, ma o non mi sentirono o non volevano fare come avevo chiesto, dal momento che venni passata da Dash a Connor. «Io... non sono un pacco da scambiare a destra e a sinistra!»

La presa di Connor fu altrettanto salda, ma come avevo ritenuto prima, mi dava una sensazione diversa. Il suo petto era più ampio e il suo profumo diverso. Dove Dash era oscuro e pungente, Connor sapeva più di aperta prateria e di cuoio. Era una combinazione strana, ma gli stava bene addosso.

Ciò che non stava bene a *me* era trovarmi tra le sue braccia. «Non è giusto,» insistetti, premendo invano contro il suo petto. Lui inarcò un sopracciglio scuro mentre mi guardava.

«Oh? Vuoi dire che ho aspettato troppo per baciarti? È tutto ciò a cui ho pensato durante il pranzo. Lo sapevi che profumi di vaniglia?»

Sogghignò, poi mi sollevò in un bacio che fu completamente diverso da quello di Dash. La bocca di Connor era più dura, più insistente e non tenne le labbra ferme in un punto, bensì mi mordicchiò – sì, mordicchiò! – fino ad un angolo della bocca e poi l'altro.

«Non posso baciarvi. Noi... non siamo sposati!» mi

affrettai a dire. Sentivo il suo fiato caldo contro la guancia, la mandibola. Ovunque.

Connor sollevò la testa e mi guardò confuso. «Sì. lo siamo. Qualunque donna sia sposata con Dash è sposata con me.»

Scossi la testa. «No.» Premetti sul suo petto e cercai di scendere, ma lui mi teneva saldamente da sotto le ginocchia e dietro la schiena. Non me ne sarei andata da nessuna parte a meno che *lui* non l'avesse deciso. «L'attestato di matrimonio dice solamente Dashiell McPherson. Non posso venire a baciarvi mentre sono sposata con lui.»

«Stai chiedendo il mio permesso, dolcezza, di baciare Connor?» domandò Dash da sopra la sua spalla.

Scossi di nuovo la testa. «Non posso essere una donna che va in giro a *baciare* altri uomini.»

«Non ci baceremo solamente,» aggiunse Connor, la voce profonda. Vidi qualcosa nei suoi occhi, qualcosa come calore e... desiderio.

Spalancai la bocca alle sue parole. «Visto? Pensa che io sia una... una donna facile.»

«Donna facile? Sei mai stata baciata prima?»

Mi sentii arrossire e sembrò che fosse una risposta sufficiente per Dash.

«Come pensavo. Connor sa che sei mia moglie,» replicò. «Anche *sua* moglie. È così che si fa qui a Bridgewater. Non devi preoccuparti di venire giudicata da nessuno. È questo che voleva tuo fratello per te.»

«Vi prego, mettetemi giù,» supplicai, guardando Connor dritto negli occhi. Come poteva Cecil aver inteso questo per me? Ero ferita, schiacciata dalla consapevolezza che avesse pensato a me in una maniera simile. Mi aveva salvata dal matrimonio combinato che aveva pianificato mio padre solo per darmi a *due* uomini? Come doveva essersela risa di notte pensando a quel colpaccio. Aveva reso pan per focaccia a quell'uomo usando me.

Connor doveva aver sentito la mia delusione, dal momento che si spostò fino ad una sedia accanto alla porta e si sedette. Invece di lasciarmi andare, però, mi tenne in vita e mi mise in piedi tra le sue gambe.

«Trovi il mio tocco insopportabile?» mi chiese. Per un uomo tanto grande, sentii una traccia di insicurezza nelle sue parole. Se avevano pianificato di condividere una sposa per lungo tempo, magari per anni, allora il mio rifiuto nei suoi confronti avrebbe cambiato la loro dinamica. Cecil aveva usato anche loro come aveva fatto con me?

«No,» risposi. Il suo tocco non era insopportabile. In effetti, era piuttosto bello. Ma non avrei dovuto trovare *bello* il tocco di due uomini. «Non è questo. Cecil, lui... Sono stata ingannata.» Mi ricordai appena in tempo delle mie buone maniere, ricordandomi di non condividere emozioni o parlare male di un defunto. Per quanto fosse importante non lamentarmi, dovevo parlare. «Non mi abbasserò al punto da fare da moglie a Dash e da amante a voi.»

Entrambi gli uomini rimasero in silenzio ed io voltai la testa per sollevare lo sguardo su Dash, per poi riportarlo dritto negli occhi di Connor. Lui annuì. «Capisco.»

Sospirai di sollievo.

«Davvero?» chiesi.

«Sì, e vi possiamo porre facilmente rimedio,» rispose Connor. Mi aspettai che mi sollevasse e mi passasse a Dash, mio marito, ma lui non lo fece.

Mi accigliai. «Ah sì?»

«Sì.» Mi scostò e si alzò in piedi. «Ce ne andiamo in città.»

«Adesso?» chiesi.

Vidi i due uomini scambiarsi un'occhiata. La loro

amicizia era abbastanza stretta che sembravano non aver bisogno di parole per comunicare.

«Sì,» ripeté Connor.

«Perché? Ci sono stata questa mattina.»

«Ci sposiamo.» Mi strattonò la mano e mi condusse fuori dalla porta.

CONNOR

Due ore più tardi, ci trovavamo di fronte alle porte della chiesa in città. Io avevo trascorso la cavalcata a guardare in silenzio la nostra nuova moglie. Moglie! O era stata una pazzia a farla comparire di fronte a noi a pranzo, o un colpo di fortuna. Era la cosa più adorabile – e più puritana – che avessi mai visto. Certo, Ann, Emma e le altre erano bellissime, ma loro non erano mie. C'era una differenza quando la donna che ti trovavi di fronte – dai setosi capelli scuri che aveva in testa passando per l'inclinazione sdegnosa del mento fino al perfetto allargarsi dei suoi fianchi – ti apparteneva. Sì, ci avrei scommesso che la sua colonna vertebrale sarebbe stata rigida e dritta anche senza lo stretto corsetto che indossava, ma sarebbe stato un piacere per me, e per lei, scoparmela fino a farla rilassare per bene.

Rebecca non era per niente contenta della mia intenzione di sposarla, ma evidentemente il modo in cui era stata cresciuta le impediva di lamentarsi. Aveva trascorso la cavalcata fino in città a tormentarsi quel bellissimo labbro inferiore pieno tra i denti. Aveva utilizzato il termine *donna facile*. Era l'esatto opposto di una donna facile. Non c'era una sola donna al mondo che avesse più bisogno di essere baciata, toccata e scopata di lei. Un paio di orgasmi sudati e potenti le avrebbero fatto un gran bene. Sfortunatamente, lei credeva che anche solo il fatto che le piacesse un bacio da parte di entrambi la rendesse immorale. Chiaramente, suo fratello non l'aveva preparata ad entrambi noi e adesso dovevamo risolvere la faccenda. Avremmo cominciato col pronunciare il nostro "sì" di fronte a un uomo di Dio.

«Io sono *sposata* con Dash,» disse. «Non posso sposare un altro uomo. Di certo il ministro lo saprà.»

«Quando sei stata nella pensione, hai detto a qualcuno del tuo matrimonio su delega?» le domandai io. Avevo una certa idea di cosa mi avrebbe risposto.

«No.»

«Perché eri preoccupata del fatto che ti avrei respinta?» Le parole di Dash attirarono il suo sguardo verso di lui ed io riuscii a vedere una traccia di dolore nei suoi occhi. Dopo aver attraversato mezzo mondo, aver visto morire suo fratello di fronte ai propri occhi ed essere poi stata data in sposa ad un estraneo, nessuno di noi due poteva biasimarla per averlo pensato. Se fosse stata respinta, avrebbe potuto voltarsi e abbandonare la città senza che nessuno lo fosse venuto a sapere, per quanto cosa avrebbe fatto allora, sono certo che non l'avesse saputo nemmeno lei. Noi non avevamo intenzione di respingerla. Col cavolo proprio. Avevamo intenzione di darle più mariti di quanti non ne avesse voluti e quello era un problema che non si era immaginata nemmeno nei suoi pensieri più sfrenati.

«Chiunque in città, allora, saprà del tuo matrimonio con *me*,» dissi io. «Noi,» indicai tutti e tre, «sapremo che sei legalmente sposata con Dash *e* con me.»

A quel punto lei si accigliò. «Perché... perché avete bisogno di fare ciò? Anche se sono sposata con Dash, sono vostra in ogni caso, come un'amante da sfruttare a vostro piacimento.» Il suo mento si sollevò leggermente. Ah, adoravo quell'accenno di sprezzo in lei nonostante avrei voluto piegarmela sulle ginocchia per sculacciarla a quelle parole.

Mi voltai verso di lei e le tenni delicatamente quel mento sollevato così che fosse costretta a guardarmi. «Perché non ti voglio come amante. È la seconda volta che metti in dubbio il nostro onore. Se volessi *gingillarmi* con una ragazza, me ne andrei al bordello. Io non voglio trastullarmi, voglio *scoparmi* mia moglie e quella sei tu. Per me, il tuo matrimonio su delega con Dash è abbastanza per renderti mia, ma se tu hai bisogno di trovarti di fronte ad un ministro e a Dio per sapere di appartenere anche a me, per permettermi di toccarti come vorrei, allora così sia.»

Lei cercò di voltare la testa dall'altra parte, ma io non glielo permisi. Non volevo che nascondesse le sue emozioni, che nascondesse ciò che riuscivo a vedere chiaramente nel suo sguardo.

«Il ministro, di certo lui *saprà*,» sussurrò.

Dash si tolse il capello, si guardò a destra e a sinistra come se ci fosse stato qualcuno nei paraggi ad origliare e poi scosse la testa. «Io non lo dirò a nessuno.» Inarcò un sopracciglio. «Tu hai intenzione di dirgli di essere sposata con un altro uomo?»

Lei aprì la bocca per rispondere, ma poi la richiuse. L'avevamo in pugno. Né io né Dash volevamo raccontare al ministro la verità che si celava dietro il nostro matrimonio; poteva anche avere una vaga idea di come fosse visto il matrimonio a Bridgewater, ma non ne aveva mai fatto parola. Se Rebecca gli avesse raccontato della nostra presa di posizione in merito, allora sarebbe diventata complice delle nostre insolite usanze. Non aveva altra scelta che tenerselo per sé.

Saremmo potuti tornare al ranch come una famiglia, io, Dash e Rebecca, ma la sua morale incrollabile necessitava che quell'unione venisse registrata negli archivi matrimoniali, o come venissero chiamati nel Territorio. Se aveva bisogno di trovarsi di fronte ad un ministro per farsi toccare da me, per farsi scopare, per farsi rendere mia con lo stesso diritto che ne aveva Dash, allora così avremmo fatto.

«No, non glielo dirò,» rispose lei. «Siete disposto a sposarmi – non sapete nulla di me – nonostante io sia già sposata con Dash? Mi pare un gran bel passo solo perchè mi volete baciare.»

Sogghignai. «Eccome se ti voglio baciare, e tante altre cose. Io e Dash stavamo aspettando che arrivasse la nostra sposa, per quanto non ci fossimo aspettati che sarebbe successo a pranzo, ma abbiamo sempre avuto l'idea di condividere una moglie, sin da quando siamo stati nel Mohamir. Io non ho intenzione di ripensarci. Se Montgomery ti ha data in sposa a Dash, allora sapeva che ti stava dando in sposa anche a me. Conosceva le nostre usanze, ma non poteva mettere entrambi i nostri nomi sulla licenza di matrimonio. Era ciò che voleva.»

Rebecca fece scorrere lo sguardo tra me e Dash, poi strinse le labbra.

«Cosa c'è, ragazza?» le chiesi. «Non devi trattenerti con noi.»

«Voleva umiliarmi?»

«Umiliarti? Tuo fratello ti stava onorando.»

«Onore?» Lei arrossì mentre si lasciava sfuggire una punta di frustrazione. Era anche ora, diamine. «Continuate a tirare in ballo quella parola. Pensavo che mi stesse salvando da un matrimonio combinato con un uomo che aveva tre volte la mia età, ma invece stava decidendo di umiliarmi. Mi stava usando per vendicarsi di mio padre.»

Percepii la sua delusione. Era chiaramente confusa, persa e molto probabilmente sopraffatta.

«Umiliarti? Non comprendi le nostre usanze, ragazza,» le disse Dash. «Tuo fratello sapeva che i nostri modi di fare erano la cosa migliore per te. Non ti stava umiliando, ti stava proteggendo.»

«Come?» Lei si voltò, fece qualche passo, poi si girò di scatto. «Io... non capisco.»

«È facile restare vedova da queste parti,» esordii. «Possono accadere molte cose ad un uomo, proprio come sai grazie all'incidente di tuo fratello. Le vedove finiscono preda di spasimanti indegni e spesso non hanno altra scelta che risposarsi, e non per amore o nemmeno per gentilezza. Se una donna ha più di un marito, non deve preoccuparsi di essere lasciata sola al mondo. I figli prodotti da quell'unione sono protetti. Non dovrai temere la fame o la solitudine. Sei al sicuro, apprezzata, adorata, protetta e, soprattutto, onorata.»

Lei non sembrò convinta, per cui proseguii. «Lo sto facendo per te, dolcezza. Se hai bisogno che io pronunci i voti di fronte a Dio per sapere che sono tuo, allora lo farò.»

Le porsi il braccio e la accompagnai alla porta della piccola chiesa. Mi fermai e mi voltai verso di lei. «Sappi questo, dolcezza: quando ti farò mia, avrai tutto di me, tutto ciò che ho, tutto ciò che sono, e questo include baci... e molto altro.»

4

La cavalcata di ritorno al ranch fu molto diversa da quella in città. Avevamo riportato il mio cavallo allo stallaggio ed io mi ero seduta all'amazzone in grembo a Connor. Se i pettegolezzi nel Territorio del Montana si diffondevano anche solo lontanamente come a Londra, chiunque in città avrebbe saputo prima di sera che io e Connor ci eravamo sposati, per cui sarebbe sembrato strano se mi fossi seduta in braccio al testimone invece che allo sposo.

Per quanto non fossi mai stata baciata prima di quel giorno, non mi ero mai nemmeno seduta in braccio ad un uomo. Fu piuttosto sorprendente ed estremamente scomodo. Le cosce di Connor erano tutte muscoli sodi e dure come la roccia, che ondeggiavano seguendo i movimenti del cavallo. Io non volevo appoggiarmi a lui, dal momento che avrebbe pensato che fossi in cerca delle sue attenzioni, specialmente dopo il bacio che ci eravamo scambiati dopo le nostre promesse. Connor aveva preso molto a cuore le sue promesse a Dio – e a me – poichè il bacio era stato molto più rivendicativo di quello breve che ci eravamo scambiati all'ingresso di casa loro. Avevo perfino sussultato sorpresa quando mi aveva infilato la lingua in bocca. La sua lingua, proprio come aveva fatto Dash! Avevo pensato che Dash si fosse sbagliato, ma chiaramente era così che ci si aspettava un bacio.

Il ripensarci mi fece sedere dritta come un fuso, per quanto lui avesse le braccia attorno a me e stesse tenendo le redini. Era estenuante restare così tesa. Lo sapeva che ero tesa? Ma certo che lo sapeva.

Le donne che avevo conosciuto a pranzo erano state così rilassate e spensierate, chiaramente felici dei loro mariti, delle loro nuove famiglie, delle loro vite. Di tutto. Non avevano paura di condividere i loro sentimenti, di sorridere... di fare qualsiasi cosa. Non si preoccupavano di cosa gli altri avrebbero pensato di loro, o se la direttrice le avrebbe picchiate con un righello o una frusta per aver commesso la più leggera delle infrazioni.

Io non sarei mai stata come loro. Per quanto Cecil mi avesse salvata dai piani di mio padre, non l'aveva fatto per tempo. Era arrivato più di una decina d'anni in ritardo. Il danno era stato fatto, la mia infanzia spensierata mi era stata strappata via quando avevo solamente sei anni. La scuola per ragazze della signora Withers era stata spietata, così come l'elite di Londra una volta che mi ero diplomata. Ero stata ben addestrata a tenere alte le mie difese come facevano gli uomini quando andavano in guerra, ma nei dodici anni che avevo trascorso a scuola non avevo imparato assolutamente nulla di come proteggermi da due mariti.

Non avevo mai saputo che un uomo potesse essere così caldo o potesse avere un odore così buono. Una volta lontani dalla città, Connor mi attirò a sè così che fossi premuta contro il suo petto robusto e mi baciò. Ancora e ancora. Le sue labbra mi scorsero addosso e mi mordicchiarono, poi la sua lingua sgattaiolò fuori a leccare via quel leggero bruciore. Si fermò per un minuto o due, appoggiando il mento sulla mia testa prima di baciarmi l'orecchio e scendere poi lungo il mio collo.

Era come se non fosse stato in grado di trattenersi ed io, a quanto pareva, ero troppo debole per resistere. Non potevo respingerlo, dal momento che sarei caduta dal cavallo, ma sorprendentemente, non volevo farlo. Come avevo potuto dimenticarmi di tutto il mio addestramento, tutte le punizioni che avevo subito, con la bocca di un uomo sulla mia? Cosa mi stava accadendo? Se mi sentivo così solamente per un bacio, non pensavo di essere abbastanza forte da resistere alla nostra notte di nozze. Per quanto a scuola mi fosse stato detto di chiudere gli occhi e pensare all'Inghilterra mentre mio marito si prendeva le sue libertà, fu la vista della prateria erbosa con le cime frastagliate delle montagne in lontananza a ricordarmi che non mi trovavo più in Inghilterra.

Una volta tornati al ranch, fu Connor a portarmi in braccio dentro casa, per quanto, a differenza dell'ultima volta, non mi mise giù nell'ingresso. Invece, mi fece attraversare la sezione principale della casa portandomi poi lungo un corridoio e dentro una camera da letto. Io vidi da sopra la sua spalla che Dash ci seguiva, chiudendosi la porta alle nostre spalle. Solo allora mi rimise a terra.

Lanciai un'occhiata al letto e deglutii. Era giunto il momento di cui avevo sempre sentito parlare in termini molto eufemistici, ma di cui avevo una vaga comprensione. Ogni anno si teneva una lezione in condotta, ma durante l'ultimo semestre di scuola, la discussione era diversa. Non dovevamo camminare con dei libri sulla testa o allenarci a sederci in modo da avere le caviglie incrociate, la schiena dritta e le mani strette in grembo. Quello ce l'avevano inculcato per anni e anni.

Quella lezione era stata su come comportarsi di fronte ad un futuro marito. Ripensai a ciò che avevo imparato, alle parole della signora Withers e a cosa dovessi fare.

Il letto era piuttosto grande, ampio abbastanza da farci stare comodi entrambi gli uomini. La stanza era arredata in maniera scarna, ma di buon gusto. Il letto aveva un baldacchino e una trapunta scura. In un angolo c'erano un baule con due libri e una lanterna spenta sopra. Alla finestra aperta, le tende bianche ondeggiavano nella brezza leggera. Per essere ottobre, era una giornata calda, ma dentro quella stanza, era come se non ci fosse stata proprio aria. Entrambi gli uomini facevano sembrare lo spazio piccolo e il letto era il centro dell'attenzione.

Mi ricordai dei miei insegnamenti e di quale fosse il mio dovere: avevo due uomini che mi aspettavano. Traendo un respiro profondo, aprii il fermaglio del mio cappello e me lo tolsi, posandolo sul baule. Andai verso il letto, ci salii nella maniera più signorile possibile e mi ci misi nel mezzo. Sdraiandomi, mi risistemai l'abito sulle caviglie.

Sollevai lo sguardo sugli uomini che mi stavano guardando. Non dissero nulla, non fecero nulla e la mia ansia aumentò. Sapevo che avrebbero fatto qualcosa con la mia verginità, che mi avrebbero infilato una parte di loro dentro, per cui allargai leggermente i piedi, piegai le ginocchia e, ancora una volta, mi lisciai l'abito. Chiudendo gli occhi, trassi un altro respiro profondo e dissi, «Sono pronta.»

La stanza rimase in silenzio. Non riuscivo a sentirli nemmeno respirare. Non mi volevano, dopotutto? Aprendo un occhio, lanciai loro uno sguardo. Entrambi mi stavano fissando a bocca aperta e con un sopracciglio alzato.

«Pronta per cosa, dolcezza? Un sonnellino?» domandò Dash.

Mi sollevai sui gomiti. «Per... un rapporto sessuale. Mi è stato detto che mi sareste saliti sopra e mi avreste presa e mi avrebbe fatto male, ma io avrei dovuto-»

«Pensare all'Inghilterra?» Dash scosse lentamente la testa, poi lanciò un'occhiata a Connor.

«Be'... sì.»

Connor venne a sedersi ai piedi del letto, mentre Dash incrociava le braccia sul petto ampio.

«Chi te l'ha detto?» mi chiese.

Oh Signore. Avevo fatto qualcosa di sbagliato. Leccandomi le labbra, risposi, «La signora Withers, durante la nostra lezione di condotta.»

«Pensi che questa donna, la signora Withers, abbia mai avuto un... *rapporto sessuale?*»

Sspalancai la bocca di fronte a quella domanda ridicola, ma mi fece riflettere. La signora Withers era effettivamente una signora? Ripensai a quella donna, ben oltre la sessantina, con i suoi capelli grigi e l'espressione arcigna. Dubitavo che ci fosse una donna più severa o più burbera di lei. «Non riesco ad immaginarmelo.» Se la direttrice avesse scoperto che ero sposata con due uomini... no, se anche solo avesse intravisto questi due uomini bellissimi, le sarebbe venuto un colpo apoplettico.

«Allora saremo noi i tuoi insegnanti. Dimenticati di qualunque cosa ti abbia detto quella donna,» mi disse Connor.

«Tutto quanto,» aggiunse Dash. «Correggeremo qualsiasi strana idea tu ti sia fatta, una alla volta. Essere sposata con due uomini non ti rende una donna facile. Essere sposati non significa che tu sia in dovere nei nostri confronti col tuo corpo. Questo non è un dovere, ragazza, è un desiderio. Una *necessità.*»

«Innanzitutto, non penserai alla dannata Inghilterra. In effetti, se penserai affatto vorrà dire che staremo sbagliando qualcosa,» disse Connor. «Seconda cosa, non te ne starai nemmeno lì sdraiata a far niente.»

Prima che avessi modo di fare domande, Dash mi prese tra le sue braccia e mi portò fuori dalla stanza, con Connor che ci teneva aperta la porta.

«Dove stiamo andando? Non volete avere rapporti coniugali?» Le pareti del corridoio ci passarono accanto in un vortice.

«Lezione numero uno. Non si tratta di rapporti coniugali, o rapporti sessuali, o accoppiamento o qualunque termine scientifico si possa utilizzare per descrivere il rotolarsi sotto le lenzuola.»

«Al buio,» aggiunse Dash, posandomi a terra e voltandomi a guardarlo, per poi sedersi su una comoda poltrona accanto al caminetto. Mi strinse una mano attorno alla vita così che mi trovassi in piedi tra le sue ginocchia aperte. «Si tratta di scopare,» disse, la parola così rude e volgare da farmi arrossire. Distolsi lo sguardo, verso il caminetto spento che presto avrebbe ospitato un fuoco per combattere il freddo. Non avevo mai sentito quel termine prima, ma sapevo che era inopportuno e carnale. «Dillo.»

Scossi la testa e mi rifiutai di guardarlo. «Non posso.»

Sentii Connor avvicinarsi alle mie spalle, percepii il suo calore contro la mia schiena, ma non mi toccò. Quando il suo fiato caldo mi soffiò contro l'orecchio, trasalii. «Non puoi o non vuoi?»

Sentii una pinzetta sfilarsi dai miei capelli e sollevai una mano verso di essa, ma mi ritrovai a toccare quella di Connor. Mi ritrassi come se mi fossi ustionata, ma lui mi tolse una pinzetta, poi un'altra, fino a quando i miei capelli non mi si sciolsero, lunghi e dritti, sulla schiena.

«Non voglio.» Entrambi rimasero in silenzio ed io cercai di non agitarmi. Sapevo che avevano gli occhi fissi su di me e che io ero l'unico centro delle loro attenzioni. Era peggio di qualunque volta in cui fossi stata mandata nell'ufficio della direttrice. Peggio di quando mio padre mi aveva fissata e mi aveva detto che avrei dovuto sposare il suo amico – il suo *vecchissimo* amico. Mi ero diplomata e mi ero lasciata la signora Withers alle spalle e mio padre e il mio precedente fidanzato a un oceano di distanza. Connor e Dash non sarebbero andati da nessuna parte, mai. «Ho superato di gran lunga l'età da collegio, ma trattenermi dall'usare un linguaggio inappropriato è una lezione che ho imparato bene.»

«Collegio?» domandò Connor, la voce cupa. «Ho sentito storie riguardanti i collegi inglesi. Alcuni in Scozia non sono affatto meglio. Quando dici "imparato bene", intendi dire che te le hanno inculcate a suon di botte.»

«Botte?» Il cuore mi sussultò nel petto ed io mi chiesi se fossero riusciti a vederlo. «Se intendi con i righelli, allora sì.»

«Che altro?» domandò Dash, ed io vidi la sua mandibola fremere. «Una frusta?»

Fissai insistentemente la pietra del camino.

«Un bastone?»

Mi schiarii la gola e scrollai le spalle con finta noncuranza. «Qualcosa del genere.»

«Qualcosa di che genere, dolcezza?» Le mani di Connor mi si posarono sulle spalle ed io feci una smorfia, ma loro non si spostarono. Erano calde e gentili e mi davano una certa sensazione rassicurante. «Diccelo. Voglio sapere che cosa hai dovuto sopportare, niente false generalizzazioni così da far sembrare che tu non ti stia lamentando.»

«Come fate a...?» Lasciai in sospeso il resto della domanda.

«Veniamo dalla Scozia, dolcezza. Sappiamo come a una donna come te viene insegnato a comportarsi.»

Sospirai. «Molto bene. Tutto ciò che avete detto, più il saltare un pasto o il finire confinata in uno sgabuzzino.»

Credetti di aver sentito Connor ringhiare.

«Guardami, Rebecca,» disse Dash. Con il suo tono quasi di supplica, dovetti guardarlo, dritto nei suoi occhi scuri. «Quanti anni avevi quando sei stata mandata via?»

«Sei,» risposi onestamente.

Connor trattenne un'imprecazione; avevo sentito fare lo stesso a Cecil quando si arrabbiava.

«E Montgomery, tuo fratello? Dov'era lui in quel momento?» chiese Dash, la voce cupa.

Mi leccai le labbra, preoccupata che quel tono fosse rivolto a me. «Quando avevo sei anni? Nell'esercito. Credo che fosse stazionato da qualche parte oltreoceano assieme a voi.» Molto probabilmente in quel paese del Mohamir del quale parlavano tanto bene. «Lui era molto più grande di me; figlio di mia madre dal suo primo matrimonio.»

«Tua madre?» domandò Dash.

«È morta dandomi alla luce.»

«Tuo padre?» Il sopracciglio chiaro di Dash si inarcò a quella domanda.

«Lui sta bene, l'ultima volta che l'ho visto, perlomeno. Cecil ha sentito del piano di mio padre di darmi in sposa al vedovo Reginald Thompson-Trewes, terzo Conte di Crawford. Il suo unico erede è annegato all'età di trentaquattro anni e lui aveva bisogno di produrne un altro. In qualche modo a Cecil è giunta voce di questo accordo malassortito ed è venuto a *recuperarmi* a Londra. Io non mi sono lamentata.»

«Giuro, Rebecca Montgomery McPherson MacDonald, che non alzerò mai le mani su di te per rabbia. Non ti toccherò in alcun modo che possa provocarti dolore. Solamente piacere.» Dash sollevò la mano fino alla mia guancia e, con il pollice, me la sfiorò e mi attirò a sè per baciarmi. Fu un bacio morbido, delicato e senza lingua, cosa per la quale rimasi sorpresa e stranamente delusa. Lui mi lasciò andare e mi voltò verso Connor.

«Nessuno alzerà mai più una mano, una frusta, un righello o un bastone su di te,» ringhiò lui. «È nostro compito proteggerti e far sparire i tuoi problemi. Ma faremo delle cose con te che potrebbero andare contro a ciò che ti è stato insegnato, non perchè siano cattive, ma perchè sono belle.» Anche il suo pollice mi accarezzò, ma il suo mi disegnò delle mezze lune alla base del collo. «Come il dire la parola scopare. Non c'è niente di male in quella parola, dal momento che troverai solamente piacere con noi, e lo faremo spesso.»

Spesso? Non si trattava solamente di una notte, a letto? «Io... ci proverò,» dissi.

«Non preoccuparti, abbiamo il nostro metodo per addestrarti.»

Non sapevo che cosa intendesse, ma dubitavo che prevedesse una classe e mi rassicurò il fatto che non comprendesse una punizione fisica.

Dash sorrise e l'espressione dura che la conversazione gli aveva provocato svanì. «Scommetto che ci implorerai di scoparti molto presto. Sappi questo, dovrai dire quelle parole, dolcezza.»

Non lo considerai un problema, dal momento che dubitavo che avrei mai implorato di farmi... di farmi *prendere*.

«Quando scoperemo, saremo nudi. Lo faremo alla luce del giorno e spesso non a letto,» commentò Dash mentre le sue mani salivano ai piccoli bottoni che avevo sul collo. «Ecco perché ci troviamo qui nell'ingresso per la tua prima volta, per dimostrarti che non ci serve un letto.»

Io cercai di fare un passo indietro, ma andai a scontrarmi con un solido muro di muscoli. Connor.

«Cosa... cosa stai facendo?» chiesi, fermando il movimento delle mani di Dash con la mia.

«Ti spoglio.»

5

EBECCA

«Ma... ma non sono mai stata nuda con un uomo prima d'ora.»

«Lo spero proprio,» ringhiò Connor alle mie spalle.

Sentii il battito del mio cuore accelerare di nuovo. L'idea di trovarmi nuda e completamente in mostra mi mandò nel panico. «Non potete... non potete fare quello che dovete fare con me vestita, perlomeno fino a quando non farà buio?»

Dash scosse lentamente la testa. «No, ragazza. Sei così bella che vogliamo vederti tutta.»

Deglutii. «Ho... ho paura.»

«Ah, ragazza,» mi sussurrò Connor all'orecchio. «Sono orgoglioso di te per il fatto che ci confidi i tuoi sentimenti.»

«Vuoi che ci spogliamo prima noi?» domandò Dash.

Spalancai gli occhi. «Sarete nudi anche voi? *Volete* mostrarmi i vostri corpi?» Mi sentii accaldata, ma l'idea non mi rasserenò.

«Sì, saremo nudi, ragazza, e no, non ci è stato insegnato ad essere modesti in presenza di nostra moglie.»

Sentii Connor fare un passo indietro: il calore del suo corpo era svanito. Dash spostò le mani dal mio colletto alla cintura che aveva in vita. Se la slacciò con dita abili e si aprì la patta dei pantaloni. Feci un passo indietro, non preparata alla sua azione sfacciata e indecorosa. Muovendo i fianchi, si infilò una mano all'interno dell'apertura dei pantaloni e ne tirò fuori il suo... Oh Signore benedetto!

Era lungo, spesso e di un colore rosso vermiglio. Dash se lo teneva stretto nel pugno alla base e la punta era larga come una corona con un piccolo foro al centro da cui fuoriusciva del liquido trasparente. Il suo pugno risalì lungo quell'erezione e il suo pollice si estese verso l'alto sopra la punta per ripulirla. Era incredibilmente grande e avrebbe dovuto starmici dentro? Mi ritrassi di un altro passo mentre azzardavo un'occhiata a Dash. Aveva gli occhi a mezz'asta e mi stava guardando in un modo che mi fece leccare le labbra. Non ero nuda, ma era praticamente come se lo fossi stata.

Le azioni di Connor mi fecero voltare la testa verso di lui. Invece di slacciarsi i pantaloni, si era aperto la camicia e l'aveva lasciata cadere a terra, mantenendo per tutto il tempo gli occhi fissi nei miei e facendomi l'occhiolino. L'occhiolino! Era così rilassato e a proprio agio con ciò che stavamo facendo che mi fece l'occhiolino mentre si toglieva i vestiti, pezzo dopo pezzo. Aveva le spalle ampie e muscolose. Il suo petto era ricoperto di peli scuri. Mentre i miei capezzoli erano gonfi e pieni, i suoi erano dei dischi scuri e piatti. Il suo ventre era piatto e ben definito con una vita sottile. I peli si univano in una V all'altezza dell'ombelico per poi scendere in una linea sottile sotto il bordo dei pantaloni. In quel punto riuscivo a vedere chiaramente un rigonfiameno che gli premeva contro la patta.

Lanciando un'occhiata al... membro di Dash e poi di

nuovo a Connor, potei solamente immaginare che il suo fosse altrettanto grande o forse ancora di più. Connor mi rivolse un ghigno malizioso e non esitò a sfilarsi uno stivale col piede, poi l'altro prima di slacciarsi la cintura e i pantaloni e calarli a terra. Ne uscì, poi si tolse le calze per rimettersi dritto. Era completamente nudo – e sembrava il *David* di Michelangelo che avevo visto nei libri.

Non potei fare a meno di trarre un profondo respiro nel vederlo.

«Questo sono cazzi, dolcezza,» disse Dash mentre io tenevo lo sguardo fisso su Connor. La sua mano ora gli afferrava il... cazzo ed entrambi se li stavano accarezzando. Quello di Connor si era appena ingrandito?

«Sono...» Mi schiarii la gola. «Sono piuttosto grandi.»

Il ghigno di Connor si ampliò. «Tocca a te, ragazza.»

Mi fu concessa tregua da un bussare alla porta. Connor si voltò per rispondere, chiaramente noncurante dell'essere nudo. «Che stai facendo?» sussurrai io, il mio senso di decoro più forte dell'atteggiamento che mi era stato inculcato secondo il quale non mettevo mai nulla in discussione e corsi alla porta appoggiandomici, impedendogli di aprirla.

«Che c'è?» domandò Connor in piedi di fronte a me. «Si tratta solo del tuo baule che ci viene recapitato dalla città.»

«Non puoi rispondere alla porta così,» sibilai, le guance in fiamme.

«Molto bene,» rispose lui, per cui io mi scostai dalla porta. Si chinò per afferrare la propria camicia. Immaginai che se la sarebbe messa, invece lui se la tenne contro per poi aprire la porta. «Quinn, entra.»

Connor indietreggiò mentre un uomo robusto e massiccio quanto i miei due mariti portava dentro il mio baule. «Sto interrompendo qualcosa,» disse, la voce profonda e con un accento americano mentre notava l'aspetto di entrambi. «Signora.» Mi salutò con un cenno del capo.

Annuii brevemente, poi gli diedi le spalle, mortificata.

«Ah, non c'è problema. Di sicuro avrai già visto un uomo nudo,» commentò Connor. Non aveva una sola briciola di modestia? «Posso presentarti nostra moglie, Rebecca? Rebecca, lui è Quinn. Non potremmo gestire il ranch senza di lui.»

Gli lanciai un'altra occhiata da sopra la mia spalla e l'uomo mi offrì un debole sorriso e un altro cenno del capo. Io cercai di sorridere, ma la situazione era del tutto ridicola. Connor era nudo e Dash se ne stava seduto con la mano ancora avvolta attorno al cazzo. Per fortuna, aveva smesso di accarezzarselo.

Mi schiarii la gola. «Piacere di conoscervi,» dissi.

«Posalo laggiù, per favore,» gli diede istruzioni Dash.

L'uomo lo fece e andò verso la porta aperta. «C'è un altro baule che il signor Arnold si è offerto di consegnare domani. Con le scorte e tutto il resto, non c'era spazio per entrambi, oggi. Congratulazioni sul vostro matrimonio,» disse. «Farò sapere agli altri che è il caso di concedervi un po' di tempo.»

«Domani, Quinn. Niente visite fino a domani,» gli disse Dash.

L'uomo annuì e piegò un angolo della bocca verso l'alto, poi se ne andò. Connor chiuse la porta e gettò a terra la camicia. Il suo uccello se ne stava eretto e curvo verso il suo ombelico. Erano sempre così duri? Come facevano ad andare a cavallo o anche solo a camminare? «Ora, dov'eravamo, dolcezza?» Si picchiettò il mento scolpito con un pollice. Avrebbe avuto un aspetto pensieroso se non fosse stato nudo. «Ah, sì. Toccava a te toglierti i vestiti.»

Con dita tremanti, io cominciai a slacciarmi i bottoni sul davanti del mio abito. Gli occhi degli uomini osservavano i miei progressi, mentre io mi spingevo giù il vestito lungo i fianchi e lo lasciavo cadere ai miei piedi. A parte il rigonfiamento superore dei miei seni e le braccia nude, ero ancora del tutto coperta.

«Sei come sgusciare una pannocchia. Ogni volta che togli qualcosa, c'è dell'altro sotto,» commentò Connor. Io strinsi le labbra e lo fissai, non contenta di quel paragone.

Indossavo ancora una sottogonna, le mutande, un corsetto, le calze, le scarpe e la sottoveste. «Non posso togliere nient'altro senza che mi diate una mano col corsetto.»

«Ti farò da assistente personale,» disse Connor, venendo verso di me col suo uccello che gli sobbalzava davanti. Io mi voltai di scatto per non guardarlo, ma così mi ritrovai dritta di fronte a Dash e lui se ne stava seduto, a gambe aperte, col cazzo in mano a menarselo. Sembrava ancora più scuro e quasi irritato.

Connor tirò e sciolse il nastro sul retro della mia sottogonna e gli strati di tessuto caddero a terra in una vampata simile ad una meringa. Lui mi porse la mano ed io la presi, uscendone.

Accucciandosi, lui mi tolse uno stivale alla moda e poi l'altro prima di tornare ad ergersi in tutta la sua altezza. Le sue mani mi slacciarono il retro del corsetto. «Queste stecche sono rigide come quelle di un sottopancia troppo teso. Non mi meraviglia che tu sia svenuta.»

Mi accigliai. «Una pannocchia e un sottopancia per cavalli,» borbottai. Nessuno dei due ci sapeva fare con le parole.

Una volta sciolti gli ultimi lacci, Connor tirò via il corsetto ed io trassi un profondo respiro, il primo che facevo da quella mattina quando la signora Tisdale me lo aveva stretto. Non avevo avuto idea, allora, che avrei avuto due paia di occhi maschili a fissarmi mentre mi veniva slacciato.

Connor fece il giro per mettersi di fronte a me ed entrambi mi squadrarono da capo a piedi. La mia sottoveste era bianca e di un lino pregiato per nulla trasparente. I miei seni erano tanto abbondanti che il tessuto si tendeva sulle loro curve. Fu lì che gli sguardi degli uomini si soffermarono.

«No, ragazza, sei *tutta* donna.»

Aabbassai lo sguardo e vidi che i miei capezzoli erano duri e ben visibili. Già di loro non erano piccoli, ma sembravano sfacciatamente grandi, ora. La sottoveste mi arrivava a metà coscia sopra le mutande e le calze mi arrivavano solamente fin sopra al ginocchio, per cui avevo una parte di coscia esposta. Mi incrociai un braccio sul petto, ma non fu granché come barriera.

«Sei attraente, ragazza.»

«Bellissima.»

I loro complimenti mi scaldavano.

Dash piegò le dita. «Vieni qui, dolcezza.»

Mordendomi un labbro, tornai tra le ginocchia aperte di Dash e le sue mani mi si posarono in vita. Senza il tessuto del mio abito, erano molto più calde. Mi attirò a sè per un altro bacio che fu morbido e dolce e, quando si ritrasse, io mi sentii languida e un po' meno tesa. Magari mi stavano drogando di baci. Se quello era il loro piano, stava funzionando. «Potrei continuare a baciarti tutto il giorno, ma ho altri piani. Togliti le mutande, dolcezza,» disse, i suoi pollici che si muovevano avanti e indietro facendomi formicolare la pelle. Mi venne la pelle d'oca sulle braccia nude.

Infilando le mani sotto l'orlo della sottoveste, trovai il fiocco del nastrino che mi teneva su le mutande, lo strattonai e l'indumento cadde a terra. Non volevo toglierrmele io, perché a quel punto mi sarei chinata in avanti e Dash sarebbe riuscito a scorgere i miei seni senza alcun ostacolo dallo scollo largo della sottoveste. Cosa più importante, lasciarle cadere mi teneva coperta... più in basso.

«Ti sei mai data piacere prima d'ora?» Dash mi squadrava, ma era difficile sostenere il suo sguardo quando il suo uccello sporgeva dal suo corpo puntando dritto verso di me.

Scossi la testa. «Non... non so cosa vuoi dire.»

«Ti sei mai toccata la passera?» La domanda di Connor mi fece tirare su la testa per guardarlo, il che fu un bene perché mi impedì di guardare il suo petto e... più in basso.

«Deduco che tu non ti stia riferendo a un uccellino,» dissi.

Lui sogghignò, i denti bianchi e dritti. «No, ma se vuoi te ne posso dare uno io, di uccello, e non tanto piccolo.»

«Solleva l'orlo e faccela vedere. La tua passera. Scommetto che i peli in quel punto sono scuri come i capelli che hai in testa.»

Arrossii violentemente. Volevano sapere se mi toccavo... lì? Perché avrei dovuto farlo e come mi avrebbe portato ad alcun genere di piacere? «Non voglio,» dissi. «So che devo fare come comandano i miei mariti, ma... ma non posso. Non posso farvela *vedere*. Vi ho conosciuti solamente questa mattina e mi state chiedendo di mettere in mostra parti di me che non ho mai condiviso con nessun altro.»

Spostai lo sguardo da un uomo all'altro per vedere se le loro espressioni recassero alcuna traccia di rabbia per via delle mie parole di rifiuto. Non ce n'era alcuna.

«Molto bene. Per ora. D'accordo?» chiese Dash.

Un sospiro mi sfuggì dalle labbra dischiuse. «Grazie.»

«Possiamo cominciare coi tuoi seni. Dio, sono stupendi e non li ho ancora nemmeno visti.» Prima che potessi capire le sue intenzioni, Dash si chinò in avanti sulla poltrona e mi chiuse le labbra attorno a un capezzolo e se lo succhiò tutto in bocca, perfino attraverso la sottoveste.

«Oh!» esclamai afferrandogli la testa, i suoi capelli chiari morbidi come seta tra le mie dita, e cercai di spingerlo via, ma non ci riuscii. «Che stai facendo?»

«Ti sta succhiando il capezzolo.» Le parole di Connor mi arrivarono dritte all'orecchio. «Ti piace, ragazza?» Mi baciò il contorno esterno dell'orecchio, poi la sua lingua sgattaiolò fuori per scivolarne lungo la curva prima che mi succhiasse il lobo in bocca, strattonandolo coi denti per poi lasciarlo andare.

«Ah!»

Il calore umido della bocca di Dash, la forte suzione e il movimento sensuale della sua lingua mi fecero stringere forte le dita sui suoi capelli. Provai una fitta forte, non dolorosa, ma leggermente disperata. La sua bocca si rilassò e lui mi leccò la punta del capezzolo. Abbassando lo sguardo, vidi che una sezione circolare della sottoveste era del tutto trasparente e bagnata sul mio capezzolo e il colore rosa era evidente. La punta era leggermente curva e quando la sua lingua vi passò sopra, urlai. «Cosa... perché... come?» Le mie domande furono tutte una unita all'altra e non ebbero senso dal momento che stavo perdendo la ragione. Com'era che la bocca di Dash sul mio capezzolo mi aveva appena fatta... *sentire*?

Lui sollevò la testa e mi soffiò delicatamente sulla pelle bagnata, poi alzò lo sguardo su di me attraverso le ciglia chiare. «E l'altro? Si sente solo?»

Un minuto prima, non avrei saputo dire a cosa si riferisse, ma ora... ora capivo e *sì*, si sentiva solo. Praticamente bramava attenzioni. Per quanto l'aria fosse calda, sentivo la punta bagnata fredda e pulsante. Per fortuna, Dash non ebbe bisogno di risposta, poiché si spostò sull'altro seno e me ne succhiò la punta proprio come aveva fatto col primo. Di nuovo, le mie mani corsero alla sua testa e, questa volta, invece di cercare di spingerlo via, lo tenni fermo.

Era così bello, così diverso da qualunque cosa avessi mai provato prima. E più in basso, tra le mie gambe, riuscivo a sentirmi scaldare. Non solo, mi sentivo formicolante e quasi... bagnata. Quando Dash mi morse leggermente la punta del capezzolo, io urlai e spalancai gli occhi.

«Penso che riusciresti a farla venire solamente così,»

commentò Connor. «Voglio provarne uno. Uno per ciascuno, ragazza.»

Dash si ritrasse e mi fece voltare i fianchi così che quando Connor si inginocchiò a terra, la sua bocca si trovò all'altezza perfetta. Dash non tardò a tornare sull'altro seno.

Entrambi mi si attaccarono e leccarono, succhiarono, mordicchiarono e strattonarono i miei capezzoli con fervore, senza toccarmi da nessun'altra parte.

Lasciai cadere indietro la testa e chiusi gli occhi. Dovevo pensare all'Inghilterra, allo sgabuzzino buio e spaventoso della scuola o perfino alla signora Withers, dal momento che non volevo che sapessero quanto mi piaceva ciò che mi stavano facendo. Mi sfuggì un piccolo urlo dalle labbra, ma di certo avrebbero pensato che fosse stato perché ci stavano andando troppo pesanti. Non potevo, non potevo essere una donna facile. Strinsi le mani a pugno lungo i fianchi per via della forte scossa di piacere che mi attraversò la pelle fino a insinuarsi tra le mie gambe. La mia passera, o comunque l'avessero chiamata, era decisamente calda.

Dash si ritrasse e disse a Connor di fermarsi. «Si sta opponendo.»

«Ah, ragazza, non opporti a noi. Non opporti alle reazioni del tuo corpo di fronte al nostro tocco,» mi disse Connor mentre mi accarezzava la fronte con una mano, scostandomi i capelli dal viso.

Aprii gli occhi e abbassai lo sguardo su di loro. «Io... non posso. Non può piacermi.» Dash si acciglò e mi tenne ferma.

«E perché mai no?» mi chiese. «Non c'è alcuna vergona nel trovare piacere nel tocco dei tuoi mariti.»

Annuii con fervore. «Sì. Sì che c'è.»

«Non siamo tornati a pensare all'Inghilterra, vero?»

«Non mi dovrebbe piacere,» controbattei.

Dash inarcò le sopracciglia sotto i capelli. «Sì, invece. Ti stavano mentendo.»

«Un marito non vuole una donna passionale, dal momento che metterebbe in dubbio il suo comportamento.»

«Non dovresti anche fare ciò che ti ordinano i tuoi mariti?» domandò Connor, continuando ad accarezzarmi una guancia.

Non potei fare a meno di annuire, dal momento che era ciò che ero stata addestrata ad essere: obbediente.

«Allora devi fare come ti diciamo,» replicò Dash. «E noi ti stiamo dicendo-»

«Ti stiamo dando il permesso,» si intromise Connor.

Dash annuì. «-di fartelo piacere.»

«In effetti, se non ti lasci andare arrendendoti a noi, allora sarai disobbediente e a quel punto dovrò piegarti sulle mie ginocchia per sculacciarti.»

6

EBECCA

Spalancai la bocca a quelle parole e per un istante provai puro terrore. «Avete detto che non mi avreste picchiata,» sussurrai.

Connor scosse lentamente la testa e il suo sguardo rimase passionale, non arrabbiato. «Picchiarti? Mai, ma non pensare che non ti sculaccerei se te lo meritassi.»

Sembravano convinti che mi sarei semplicemente inchinata di fronte al loro volere in quella storia, mentre le sensazioni che mi suscitavano, solamente con le loro bocche sul mio seno – mi avevano a malapena toccata! – non assomigliavano a nulla che avessi mai provato prima. Ad un forte strattone della bocca di Dash, le mie mani corsero alle loro teste e vi si aggrapparono. Forse le loro attenzioni erano più ardenti come a provare ad estrarmi a forza il piacere. Abbandonai rapidamente quell'idea dal momento che non sembravano aver *bisogno* di costringermi affatto. Mi stavano persuadendo, lentamente e con una certa facilità, a provare piacere.

«Vogliamo toccarti, ragazza, vogliamo darti piacere. Vogliamo farti sapere quanto possiamo farti sentire bene.» La voce di Dash si abbassò ad un sussurro roco, mentre una mano mi si posava su un fianco, poi un'altra sull'altro. Il loro tocco era gentile, il calore delle loro mani mi si diffondeva nel corpo.

«Non aver paura. Sei nostra moglie e non sappiamo toglierti le mani di dosso.»

«La tua pelle è come seta.»

Chiusi gli occhi mentre continuavano a lodarmi, a dirmi quanto adorassero il mio corpo, come li facessi sentire. L'ansia evaporò mentre mi rendevo conto che erano contenti di me, che *volevano* che li desiderassi. Sentii il tessuto impigliarsi nelle loro mani callose mentre me le facevano scorrere sulla pelle nuda delle cosce. I loro palmi erano caldi e, quando cambiarono direzione salendo di nuovo su verso il mio fianco, mi sollevarono la sottoveste così da arrivare ad afferrarmi le natiche.

«No,» sussurrai quando entrambi si ritrassero, non perchè volessi che si fermassero, ma perché volevo che continuassero. Aprii le palpebre e vidi delle espressioni nuove sui loro volti. Gli sguardi quasi teneri erano svaniti, sostituiti da mascelle serrate, labbra dischiuse e occhi a mezz'asta che mi guardavano come se io fossi stata la loro cena. A giudicare dal modo in cui mi avevano morso e succhiato la pelle, forse lo ero.

Connor si spostò per mettersi in piedi alle mie spalle e mi afferrò i polsi, sollevandomi le braccia sopra la testa. Dash mi fece scorrere le sue mani sulle costole, sollevando del tutto la sottoveste finché Connor non riuscì a prenderla e tirarmela via dalla testa per poi gettarla a terra sul cumulo di abiti in aumento.

Dash si raggelò, gli occhi fissi sul mio corpo. «Per la miseria, donna, sei stupenda.»

«Il suo culo è perfetto,» disse Connor mentre abbassava la testa e mi baciava la spalla.

Non ebbi un solo istante per sentirmi in imbarazzo, poiché le loro mani presero a corrermi sulla pelle. Dai fianchi al ventre fino alle cosce e ai seni, le mani di Dash mi toccarono ovunque. Quelle di Connor mi presero le natiche, mi accarezzarono la schiena mentre lui mi baciava e leccava la spalla per arrivare a mordicchiarmi dove si univa al collo.

Era come se il mio corpo fosse stato addormentato e loro lo stessero risvegliando. La pelle mi formicolava tutta, si scaldava sotto le loro mani rozze. I capezzoli erano allungati e rossi per via delle loro attenzioni. In qualche modo, tra le cosce, ero bagnata e quasi gonfia, come se la mia carne si stesse preparando per i loro... per i loro cazzi. Ciò che solamente pochi minuti prima era stato assurdo, ora sembrava essere una cosa della quale avevo bisogno.

Stavano bisbigliando tra di loro, come a gustarsi il mio corpo tanto quanto io mi stavo godendo il loro tocco.

Ha delle curve deliziose. I suoi seni, mi strabordano dai palmi. Il suo culo è sodo e perfetto da scopare. La sua figa sta luccicando. Riesco a sentire l'odore della sua eccitazione. Ha un gusto così dolce. Mi chiedo se anche il resto di lei sia altrettanto dolce. Ha una fantastica zazzera di peli sulla figa, ma dovremo farla sparire. Voglio vedere quella perla perfetta tutta dura e vogliosa di noi.

Io feci ricadere all'indietro la testa contro la spalla di Connor, mentre loro continuavano a conoscere il mio corpo. Ero persa, del tutto persa nelle loro voci e le loro mani su di me quando Dash disse, «Toccati la passera, dolcezza.» Mi ci volle qualche istante a trovare un senso nelle sue parole.

Aprii gli occhi e abbassai lo sguardo su di lui. Lui aveva smesso di toccarmi, le sue mani ferme sui braccioli della sua comoda poltrona, ma io mi sentivo ancora la pelle formicolante e calda. Il suo uccello era ancora eretto e puntava dritto verso di me.

«Toccarmi la...?»

Connor mi afferrò un polso e me lo portò davanti così che le mie dita mi sfiorassero tra le gambe. «Questa è la tua passera, ragazza. Dash vuole che te la tocchi. Passati le dita su quelle labbra rosee e trova il tuo clitoride. Scommetto che è bello duro. Facci vedere che cosa ti piace.»

Lo sguardo di Dash sosteneva il mio. Mentre era Connor a parlare, sapevo che era ciò che voleva Dash.

«Io... non dovrei.»

«Puoi,» controbatté Dash.

«Ma-» esordii, pronta a spiegare loro perché non potessi toccarmi a quel modo. Era proibito!

«O ti tocchi tu la passera o lo faremo noi.»

Non mi stava offrendo molta scelta, ma decisi che le mie mani *lì* sarebbero state meglio che una delle loro. Lentamente, mi accarezzai con le dita.

«C'è... c'è qualcosa che non va,» ammisi quando sentii le labbra della mia carne femminile calde e piuttosto bagnate. Non erano mai state così.

Connor mi aggirò, dopodiché si accucciò a terra. «Qualcosa che non va con la tua figa? Fammi vedere.»

Cercai di fare un passo indietro, ma lui fu rapido. Mi passò un braccio attorno alla vita e l'altra mano mi si insinuò tra le cosce prima ancora che potessi battere ciglio. «Se hai qualcosa che non va, dobbiamo saperlo.»

Mi dimenai nella sua presa, per nulla abituata ad avere la mia mano là sotto, figuriamoci quella di un uomo. Il suo tocco, però, fu gentile e quasi eccitante. La mia pelle in quel punto si scaldò al contatto con la punta delle sue dita ed io mi sentii ancora più bagnata di prima. Non potei impedirmi di sibilare tra i denti.

Le sue dita mi scivolarono sui peli che mi proteggevano,

per poi scendere sulle labbra e allargarle. Lì, mi sfiorò un punto che mi fece urlare e spalancare gli occhi. «Cos'è stato?» annaspai.

Connor sogghignò.

«*Qello* è il tuo piccolo clitoride.» Fu l'unica risposta che mi fornì e non mi toccò più quel punto, quel glorioso punto che mi aveva fatto scorrere una scossa di piacere in tutto il corpo. Invece, un dito rozzo mi girò in cerchio attorno all'apertura, ma non si insinuò all'interno.

«Io non ci trovo nulla di sbagliato.» Ritrasse la mano e i miei fianchi si spostarono in avanti come a volerlo seguire. «Perché pensi che ci sia qualcosa che non va con una passera così perfetta?»

Non riuscivo a guardare nessuno dei due uomini negli occhi.

«Rebecca,» la voce di Dash fu profonda e insistente.

«È bagnata e penso che mi stia pure gocciolando lungo le cosce. Non è mai successo prima d'ora.»

Vidi un braccio di Dash allungarsi e un dito scorrermi sull'interno coscia. Quando se lo portò alla bocca, spalancai la mia mentre lo guardavo leccarne via la mia umidità.

«Mmm, dolce. Proprio come pensavo.»

Le lacrime mi occlusero la gola. «Mi... mi dispiace,» ammisi, cercando di indietreggiare. Dash mi afferrò per i fianchi e mi strattonò in avanti ed io non ebbi altra scelta che posare un ginocchio sulla poltrona accanto alla sua coscia fasciata dai pantaloni. Un altro breve strattone e l'altra gamba mi fu posata in maniera simile dall'altro lato. I miei seni ondeggianti si trovavano a pochi centimetri dalla sua bocca.

«*Dovresti* essere bagnata. Perfino gocciolante. È un segno che il tuo corpo ci desidera, che vuole scopare. Per cui, per quanto le tue belle labbra rosee possano dire di no, il tuo corpo sta dicendo di sì.»

«Non... non c'è nulla di sbagliato in me?» domandai, ancora insicura.

«No, sei perfetta.» Le parole di Dash fecero evaporare le mie preoccupazioni. «Ti chiederei se ti siano piaciute le dita di Connor sulla tua figa, ma sappiamo la verità. Adesso ti toccheremo lì, ti prepareremo per il mio cazzo.»

Connor tornò alle mie spalle ed io sentii le sue dita sulla mia pelle, il suo avambraccio contro il mio sedere. La mano di Dash – palmo all'insù – mi accarezzava da davanti. Insieme, mi toccarono ovunque. Mi accarezzarono al centro della mia intimità, per poi scostarne i lembi e un dito – non so di chi – trovò quel punto, il mio *clitoride*, che pulsava e palpitava e mi fece impennare sulle ginocchia. Lo accarezzò, vi passò sopra in circolo, fino a quando un secondo dito non si unì al primo, pizzicando quel rigonfiamento di pelle sensibile. Mentre accadeva ciò, un altro dito mi girava attorno all'apertura, per poi scivolarvi dentro. Io non riuscii a rimanere in silenzio; era veramente impossibile.

«Oh, Signore benedetto,» sussurrai.

I fianchi mi si muovevano di loro spontanea volontà ed io sentii un velo di sudore ricoprirmi la pelle. Nulla aveva importanza a parte le sensazioni che mi stavano suscitando. Non esisteva nulla a parte la mia passera e ciò che Connor e Dash le stavano facendo.

Il piacere montò e montò ed io cominciai ad agitarmi. Non so quando misi le mani sulle spalle di Dash, ma mi aggrappai a lui, affondando le unghie nei suoi muscoli duri. Il dito dentro di me cominciò a muoversi, dentro e fuori, ancora e ancora.

«Ah, ecco la sua verginità. Non è molto a fondo.»

Nessuna mano smise di accarezzarmi ed io non pensai più di tanto a ciò che aveva detto Connor.

«Rompila,» replicò Dash. «Non voglio vedere dolore sul suo volto quando mi affonderà sul cazzo.»

Il dito sul mio clitoride cominciò a muoversi più in fretta.

«Un briciolo di dolore, ragazza, niente di più.»

«Cosa? Io- ah!» Gridai quando il dito di Connor mi scivolò dentro del tutto. Sentii la mia verginità lacerarsi e le loro parole ebbero un senso. I miei fianchi si immobilizzarono mentre venivo riempita così a fondo dal dito di Connor. Sebbene io non mi mossi, il suo dito non si fermò, scivolando dentro e fuori, poi uno fu sostituito da due, che mi allargarono.

Aveva fatto male, ma solo per un istante, nulla più che un pizzicotto, davvero. La sensazione delle sue due dita a fondo dentro di me, però, non era troppo confortevole.

«È così maledettamente stretta,» ringhiò Connor.

Stretta. Ecco la parola giusta. I miei muscoli non erano abituati ad essere allargati e aperti come stava facendo lui, ma non aveva importanza, nulla ebbe importanza quando Dash fece qualcosa di diverso col mio clitoride.

«Oh!»

Dash sogghignò malizioso. «Non temere l'esplosione di sensazioni, dolcezza. Lascia che ci pensiamo noi a te. Non lasceremo che ti accada nulla.»

7

EBECCA

Mi stava praticamente canticchiando nell'orecchio, mentre entrambi si lavoravano la mia figa in un modo che mi rese agitata; strizzai gli occhi, il volto contorto per la disperazione, un bisogno dentro di me così grande che riuscivo a malapena a sopportarlo. «Io... non so come. Cos'è...? Dash, ti prego!»

Entrambi gli uomini dovevano aver percepito la mia frustrazione, poiché le due dita dentro di me si arricciarono e mi sfregarono contro i muscoli, toccando un punto, un qualche punto sensibile che mi fece spalancare gli occhi e mozzare il respiro. Il piacere mi travolse mentre guardavo Dash sorpresa. Fu come i fuochi d'artificio che avevo visto ad un ballo a Londra, focosi e brillanti, pieni di scintille. Mi sopraffece, e tutto ciò che riuscii a sentire fu il mio fiato corto, il mio corpo che ondeggiava e si spostava sulle loro dita abili. Loro continuarono ad accarezzarmi e sfregare in circolo fino a quando le ultime tracce di piacere non svanirono, lasciandomi svuotata e decisamente soddisfatta.

«Cosa... cosa è stato?» domandai, leccandomi le labbra secche.

«Sei venuta, in maniera piuttosto bella.» Dash mi tenne con presa salda il bacino e cominciò ad abbassarmi sul suo uccello, mentre continuava a parlare. Io sentii sul fianco la mia essenza umida che gli aveva ricoperto le dita. «Connor ha spezzato la tua verginità così che ti posso entrare direttamente dentro.»

Con attenzione, le dita di Connor uscirono dalla mia apertura e le mani che avevo sui fianchi mi sollevarono, tirandomi in avanti per poi riabbassarmi fino a quando non sentii qualcosa di grande e stondato insinuarsi alla perfezione contro la mia apertura.

Connor si mise di fronte a me e sollevò le due dita che mi aveva messo dentro. Luccicavano ed erano bagnate, per quanto ricoperte anche da un accenno di rosso. Lo riconobbi come il mio sangue vergine. Riuscivo a sentire i miei muscoli che si tiravano, allargandosi man mano che la punta ampia spingeva all'interno.

«Sei troppo grande,» dissi a Dash, col fiato corto.

Lui scosse la testa. «No, ragazza. Ci starò. Ricordi quel punto che Connor ha toccato dentro di te, il punto che ti ha fatta urlare?»

Io sarei arrossita imbarazzata, ma non potevo, dal momento che non avevo mai davvero perso la trepidazione, il piacere che si era portato via le mie inibizioni.

«Il mio cazzo ti andrà a toccare in quel punto.» Mi alzava e mi abbassava, infilando il suo uccello sempre più a fondo ogni volta. E quando andò effettivamente a toccare quel punto, io spalancai gli occhi e spinsi i fianchi verso il basso io stessa. Lui scivolò dentro quasi del tutto e sibilò mentre io gemevo. Ero così piena, così allargata.

«Chinati indietro, dolcezza,» ringhiò Dash. Io feci come mi aveva detto e lui scivolò facilmente dentro per quel che ne restava così che mi ritrovai seduta del tutto sulle sue gambe. Riuscivo a sentire il tessuto dei suoi pantaloni contro il retro delle mie cosce. Se li era solamente slacciati mentre io ero del tutto nuda.

Le mani di Connor fecero il giro da dietro e mi presero i seni, le dita che mi accarezzavano i capezzoli.

«Cavalcami, Rebecca,» mi disse Dash.

«Come?» chiesi io.

«Portami al trotto. Vai su e giù.»

Pensai al lento passo di un cavallo e mi sollevai sulle ginocchia, il suo uccello che scivolava facilmente fuori, la punta larga che si fermava a malapena dentro di me. Abbassandomi, lui mi scivolò di nuovo dentro.

«Oh,» esclamai.

«Già. Oh,» ripetè Dash. «Al trotto, dolcezza.»

A quel punto io cominciai a muovermi, alzandomi e abbassandomi lentamente, sentendo ogni centimetro del suo cazzo e adorando il modo in cui sfregava e accarezzava ogni fantastico centimetro dentro di me. Non c'era alcun dolore, solamente piacere.

«Ora un piccolo galoppo.»

Mentre cominciavo ad alzarmi e abbassarmi un po' più velocemente, Connor mantenne la presa sui miei seni, stringendoli e supportandoli, visto che altrimenti avrebbero sobbalzato. Il piacere montò di nuovo ed io sentii la camicia di Dash inumidirsi sotto le mie mani. Avevo altrettanto caldo, provavo altrettanto desiderio di quando avevano usato le loro dita su di me. Presto il piccolo galoppo non bastò più ed io presi a muovermi più velocemente, ad ondeggiare in avanti e sfregare il clitoride contro il suo corpo.

«A tutta velocità,» mi ordinò lui, la voce più forte, più roca.

Il mio corpo non aveva bisogno delle sue istruzioni, poiché aumentò istintivamente il passo, alla ricerca disperata di raggiungere lo stesso vertice di prima.

«Vieni, dolcezza, vienimi sul cazzo.»

Alle sue parole, io feci come mi aveva detto. Non so se fu perchè mi stava permettendo di provare quel piacere o perchè io ci fossi già, proprio lì sull'orlo del precipizio, quando parlò. Forse fu entrambe le cose, ma non aveva importanza. Mentre venivo, mi strinsi attorno al suo uccello e, questa volta, le sensazioni furono ancora più intense. Adoravo essere riempita, il bisogno di avere Dash dentro di me era così grande, così eccitante, così... *giusto*. Urlai. Non potei farne a meno, dal momento che mentre Dash impennava i fianchi dentro di me, Connor mi strattonò i capezzoli per poi pizzicarli dolorosamente e fu... bellissimo.

L'uccello di Dash si gonfiò dentro di me, poi, mentre si irrigidiva, lui gemette, le sue mani strette sui miei fianchi. Attraverso la mia vista annebbiata, riuscii a vedere che aveva raggiunto anche lui il suo piacere. Mi accasciai in avanti, incapace di tenermi dritta, la guancia premuta contro il tessuto morbido della sua camicia. Riuscivo a sentire il suo cuore che batteva forte, il suo respiro mozzato che di sicuro coincideva col mio.

Una mano mi accarezzò lungo la schiena e sentii dei baci sulla spalla. «Tocca a me, ragazza.»

Dash mi rimise a sedere, poi mi sollevò lentamente così che il suo uccello mi scivolò via da dentro. Mentre usciva, un fiotto di liquido caldo mi si riversò fuori. «Non spaventarti, dolcezza. Quello è il mio seme e ti assicuro che ce ne sarà in abbondanza.» Sollevai lo sguardo su di lui e lui sogghignò. «La vista della tua figa col mio seme me lo sta facendo venire di nuovo duro.»

Il suo uccello, che si era ammorbidito un po', si stava gonfiando sotto i miei occhi.

«Ora tocca a me,» ringhiò Connor. «Metti le mani sullo schienale della poltrona dietro alle spalle di Dash.»

Lo feci e mi spostai così che i miei seni si trovarono dritti sopra il viso di Dash. Le mani di Connor mi afferrarono i fianchi e li tirarono indietro così che un seno si abbassò dritto dentro la bocca aperta di Dash.

«Non muoverti, ragazza. Se vogliamo usare termini equini, io sono il tuo stallone e ti scoperò come una cavalla in calore.»

Non ebbi un istante per fare domande dal momento che sentii l'uccello di Connor contro la mia apertura – la mia apertura molto bagnata – e lui mi scivolò dentro in un'unica, lunga spinta lenta. Inarcai la schiena e lui entrò ancora di più. «Ah, ragazza, è il paradiso in terra. Puoi venire di nuovo. Voglio sentirti che mi strangoli il cazzo quando lo fai.»

Dash mi morse delicatamente il capezzolo e i miei muscoli si contrassero attorno all'uccello di Connor. «Fallo di nuovo. Credo che le piaccia un po' di dolore.»

«Oh?» domandò Dash, un attimo prima di mordermi con attenzione.

«Oh!» ripetei io, ma in un tono completamente diverso.

«Non fermarti, Dash, perché decisamente le piace.»

Connor, con una presa ferrea sui miei fianchi, cominciò a prendermi con ardore. Il suo bacino si muoveva come un pistone, dentro e fuori ad un ritmo sostenuto e determinato. Era così diverso avere un cazzo a riempirmi da dietro; era in grado di entrarmi dentro così a fondo che i suoi fianchi si scontravano con le mie natiche quasi con violenza. Fu facile venire, stavolta. Ero stata chiaramente ben stimolata e sapevo esattamente che sensazione fosse il piacere... e lo volevo. Oh, lo volevo decisamente.

Quella volta, però, non fu perchè furono delicati, ma piuttosto l'opposto. Fu il leggero dolore, l'essere presa con forza che mi fece venire, i miei muscoli che si contraevano attorno all'uccello di Connor. Lui continuò a scoparmi attraverso il mio piacere, il suo ritmo che aumentava ancora fino a quando il rumore bagnato della scopata non riempì l'aria. L'odore di sesso ci vorticava attorno.

«Cristo santo,» gemette Connor mentre sentivo il suo seme riempirmi. Era caldo e pulsante e lo sentii scaldarmi dentro.

Dash mi lasciò andare il capezzolo con un forte risucchio e si appoggiò alla poltrona, la testa sull'imbottitura. Le mie mani stringevano con forza lo schienale e, mentre Connor si tirava fuori, io non lasciai la presa.

«Ah, ragazza, è la visione perfetta, proprio come ha detto Dash. Hai la figa tutta rossa e meravigliosamente gonfia, tutta ricoperta del nostro seme.» La sua mano mi strinse la passera da dietro ed io sibilai. Per quanto fosse bello, ero indolenzita e mi sentivo ben sfruttata. Delicatamente, il suo palmo si mosse spalmandomi il seme sulla pelle calda. Fece scivolare indietro le dita e me le fece scorrere sull'ano. Fu quel tocco, quel tocco oscuro e carnale che mi fece lasciare la presa e sollevare sulle ginocchia.

«Connor!»

«Ti prenderemo qui, ragazza.» Mi baciò la spalla umida mentre mi faceva scorrere un dito sull'apertura a grinze. «Ti prenderemo insieme, i tuoi due mariti che ti scopano. Presto, ma per ora, ti abbiamo sfinita.»

La sua mano si scostò e lui mi sollevò tra le sue braccia. Dash si alzò e ci seguì, mentre Connor mi portava lungo il corridoio fino alla camera da letto. «Dormi, dopodiché ti scoperemo di nuovo.»

8

 ASH

Rebecca stava dormendo nel mio letto. I suoi capelli, così lisci e scuri, erano sparpagliati sul cuscino e sapevo che non sarei mai più stato in grado di togliere il suo profumo da lì – o dalla mia mente. Era tutto ciò che volevamo e anche di più. Sgattaiolammo via dalla stanza e Connor si infilò i pantaloni che aveva lasciato a terra nell'ingresso. In cucina, io misi la caffettiera sul fuoco e poi lo riattizzai. Connor portò dentro della legna dalla veranda sul retro e me ne porse un pezzo da aggiungere alla fiamma.

«È straordinaria,» commentò, appoggiandosi alla porta. Per quanto facesse caldo, il sole stava tramontando sempre prima e le serate erano fresche. L'aria pungente che indicava i primi segni dell'inverno ci aveva raggiunti. «Nonostante come sia stata cresciuta.»

Mi alzai e trovai delle tazze. «Suo padre sembra essere

uno stronzo, a lasciarla in collegio a sei anni. E in che cazzo di posto l'ha spedita?»

«Montgomery non doveva aver saputo dove fosse stata mandata, o cosa quell'uomo avesse avuto intenzione di fare,» controbatté lui.

«Non hanno avuto lo stesso padre, per cui non doveva aver saputo quanto fosse crudele quel bastardo. Montgomery non l'avrebbe lasciata in un posto dove la *picchiavano*. Grazie a Dio l'ha trovata prima che lo facesse quel Conte. Forse portarla qui era l'unico modo in cui sapeva di salvarla.»

Feci spallucce di fronte alle mie stesse parole, dal momento che la persona che conosceva la risposta era morta.

Afferrai uno straccio, presi il pentolino e versai il caffè nelle tazze. Connor prese la propria e uscì in veranda. Il ranch di Bridgewater si estendeva di fronte a noi a perdita d'occhio. «Pensi che sarà felice qui? Non è come Ann, Emma, Laurel e nemmeno Olivia. Non viene dal Territorio. Diamine, è più inglese lei di Rhys.»

Connor sogghignò, soffiò sul proprio caffè e ne bevve un sorso. «È molto reattiva.»

Mi si indurì il cazzo a pensare a lei, all'espressione sul suo volto, alla sensazione della sua figa che si stringeva sul mio uccello mentre veniva. «È puritana in tutto e per tutto, fino a quando non le si infila un cazzo dentro.»

«Già, per cui le scoperemo via quell'innocenza.»

Non ero sicuro che sarebbe stato facile, né che io lo volessi del tutto. «Non sarà facile eliminare più di un decennio in cui le hanno inculcato la modestia, il decoro e il comportamento appropriato di una vera sposa vittoriana a suon di botte. Abbiamo visto come si è opposta.»

Connor scosse la testa. «No, è vero, ma sarà un piacere per tutti noi. Non penso che possiamo trattarla coi guanti. Avrà bisogno che i suoi uomini assumano il pugno di ferro.»

Sapevo cosa intendesse. Rebecca aveva risposto ad un

accenno di dolore, all'aggressione e agli ordini più blandi, e il tutto alla sua prima scopata. «Per farla sbloccare potremmo avere bisogno di assumere un approccio meno... convenzionale. Sei d'accordo?»

Connor annuì. «Sì.»

Un'ora più tardi, sentii il coperchio del baule di Rebecca aprirsi. Entrai dalla veranda e la trovai nell'entrata avvolta nel mio lenzuolo. Aveva i capelli sciolti. Era stata una bella vista là sdraiata nuda nel mio letto – ben lungi dalla donna seria che era arrivata prima di pranzo.

«Ti sei riposata bene?» le chiesi.

Lei si voltò di scatto sui piedi nudi nel sentire la mia voce. Arrossì adorabilmente nell'essere stata beccata. «Sì, io... stavo per vestirmi.»

Scossi lentamente la testa. «Connor ha portato i cavalli nella stalla, ma dovrebbe tornare presto. So che non gli piacerebbe rivederti vestita.»

Lei spalancò gli occhi. «Vi aspettate che me ne stia con indosso solamente un lenzuolo?»

Feci un passo verso di lei, presi il lungo lembo di stoffa e glielo strappai via dal corpo. Lei squittì sorpresa e si coprì, per quanto le sue forme fossero troppo abbondanti perché le sue mani potessero nasconderle più di tanto. Doveva essersi tolta le calze dopo essersi svegliata perché aveva le lunghe gambe nude. Ero abituato alle donne che sfruttavano la loro sessualità per ottenere ciò che volevano. Non eravamo uomini poveri. Bridgewater era ben conosciuto per essere un ranch di successo. Non erano solamente le ragazze al bordello di Rose a mostrarsi sfacciate e impudenti, ad afferrarmi il cazzo come se si fosse trattato della chiave per una cassetta di sicurezza alla banca. Le ragazze sfacciate in città mi avevano quasi trovato in una posizione comprometttente un paio di volte.

Rebecca, tuttavia, proveniva da una famiglia che non cercava fortuna, dal momento che ne aveva già di suo. Lei non era impaziente di rivendicare il mio corpo, piuttosto l'opposto, in effetti. Non mi aveva nemmeno rivendicato lei – suo fratello l'aveva fatto al posto suo. Per cui era una boccata d'aria fresca il sapere che Rebecca non aveva intenzioni maliziose di proposito. La sua innocenza mi fece rizzare l'uccello.

«No. Ci aspettiamo che tu sia nuda.»

«Nuda?» ripeté lei. «Non posso andarmene in giro per casa nuda.»

«Certo che puoi. Siamo solamente noi tre.»

«Potrebbe arrivare di nuovo qualcuno come il signor Quinn; siete in molti qui al ranch. Ci sono finestre ovunque. Potrebbero consegnare l'altro baule.»

«Quinn ha detto che il signor Arnold l'avrebbe consegnato domani,» dissi io. Dubitavo che l'avrebbe portato quel giorno se aveva detto a Quinn diversamente, dal momento che era importante per i suoi affari che mantenesse le promesse.

«Non è decoroso!»

«No. È ciò che ti diciamo di fare e, per quanto riguarda il decoro, noi siamo i tuoi mariti e non c'è riserbo tra noi.»

«I miei seni,» cominciò lei, poi abbassò lo sguardo e si morse un labbro.

«Sì?» domandai. Riuscivo a intuire che le sue parole fossero importanti per lei, per cui attesi pazientemente che proseguisse.

«Sono molto grandi e... pesanti.»

Lanciai un'occhiata ai suoi seni e concordai. Erano pallidissimi, pieni e a forma di goccia, coi capezzoli grandi e, per ora, gonfi e con delle punte adorabili. Ricordai che sensazione mi avessero dato contro la lingua, il loro sapore.

«Devo indossare un corsetto... per comodità.»

Per quanto la volessi nuda così da poter guardare il suo corpo perfetto, le sue necessità avevano la priorità. «Molto bene. Portami un corsetto e ti aiuterò a indossarlo.»

Il sollievo le fece rilassare le spalle mentre si voltava e trovava un corsetto, uno bianco acceso con un bordino in pizzo lungo gli orli. Glielo presi mentre lei mi dava la schiena. Mentre le scostavo i lunghi capelli sopra una spalla, le baciai la pelle in quel punto e lanciai un'occhiata al suo lungo collo e alla schiena, la colonna vertebrale e la curva piena delle sue natiche.

Continuando a baciarla sulla nuca, le avvolsi il corsetto sul davanti e, dopo che lei se lo fu sistemato un po', vi infilammo dentro i seni. Sollevando la testa, le chiusi i lacci. «Non te lo stringerò come ha fatto la tua accompagnatrice questa mattina. Non è salutare.»

«Ma ho bisogno di una vita sottile,» controbatté lei.

Tirai i lacci, stringendoli dal fondo fino in cima. «No. La tua vita è perfetta.» Glielo strinsi, ma non eccessivamente mentre le allacciavo il fiocco in cima. «E respirare è salutare.»

«Ciao!» esclamò Connor dalla cucina.

«Siamo qui,» risposi. Sentii i suoi passi sul pavimento di legno prima che ci raggiungesse nell'ingresso. Il baule di Rebecca si sarebbe spostato nella mia camera più tardi, ma per ora, sarebbe stato meglio se i suoi abiti non le fossero stati facilmente accessibili, dal momento che avevo detto la verità: non avevamo intenzione di lasciarglieli indossare, se non altro non quel giorno. Ci era voluta un po' di persuasione per spogliarla la prima volta e non volevo ripetere quel procedimento.

Connor sorrise a Rebecca e andò dritto da lei, prendendole il viso e baciandola profondamente. Quando la lasciò andare, lei arrossì adorabilmente.

«Tornare a casa e trovare mia moglie nuda e disponibile con dei baci così dolci è una bella cosa.» Passandole un dito sui floridi rigonfiamenti del suo seno e sul pizzo dentellato del suo corsetto, le chiese, «Cos'è questo?»

«Per lei è scomodo avere i seni liberi, dunque le ho permesso di indossare il corsetto,» dissi a Connor.

«Sì. Ti devo baciare di nuovo, ragazza, perchè bramo il tuo sapore.» Chinò la testa e la baciò di nuovo. Non fu un bacio semplice come quello che si erano scambiati all'altare. Questo fu carnale. La sua lingua si insinuò nella sua bocca e lui le prese di nuovo il volto così da poterle piegare la testa a proprio piacimento. Era un segno di possesso. Fece un passo indietro e Rebecca aprì gli occhi, per quanto fossero offuscati di desiderio.

Connor mi porse un braccio perchè prendessi la borsa in tessuto che aveva recuperato da Rhys, poi infilò le dita dentro il corsetto di Rebecca e le tirò fuori i capezzoli dal bordino in pizzo superiore. Ne prese uno in bocca e vi passò sopra la lingua, poi fece lo stesso con l'altro, entrambi che si indurivano. «Ecco. Così va molto meglio.»

Rebecca spalancò la bocca mentre abbassava lo sguardo su di sé.

«Noi ti vogliamo nuda, tu vuoi sentirti comoda.»

«Per quanto dovrò restare senz'abiti?»

«Fino a domani,» dicemmo io e Connor nello stesso momento.

«È ora di occuparci di te, poi ceneremo.» Connor le porse una mano. «Vieni.»

L'avevamo sconcertata. Aprì e chiuse la bocca come un pesce, senza emettere suono. Mentre Connor la conduceva in cucina, io li seguii godendomi il panorama. Il suo culo era rotondo e formoso come mi ricordavo di averlo sentito tra le mani, la pelle elastica. Mi ricordavo anche la vista della sua figa perfetta tutta bagnata e gocciolante del nostro seme, il suo piccolo ano appena sopra quando si piegava in avanti. Si era stretto in maniera così reattiva quando gliel'avevo accarezzato col dito, ma lei aveva sussultato non solo per la sorpresa, ma anche di desiderio, dal momento che sapevo che sarebbe stata sensibile e facilmente eccitata in quel punto. I suoi capezzoli erano molto reattivi e lei era piuttosto passionale una volta che si dimenticava di provare ad essere tanto frigida e pudica. Sarebbe stato un piacere allenare anche il suo ano oltre a tutto il resto.

La cucina era ampia e con un tavolo posto sotto una grande finestra che offriva una vista sulla prateria e sulle montagne in lontananza. Connor tirò indietro una sedia e sollevò Rebecca mettendola sul tavolo di legno. Lei cercò di divincolarsi per scendere, ma Connor non glielo permise.

«Non posso sedermi qua nuda! È dove si mangia.»

«Non preoccuparti, dolcezza, mangeremo,» le dissi, con l'acquolina in bocca al pensiero del sapore della sua figa.

9

 ASH

«Non solo tu ti siedi qui, ma ti ci sdrai e tiri su i piedi,» ordinò Connor.

«Perché fate così? Pensavo aveste detto di essere uomini d'onore? Siete esigenti e state forzando i vostri modi perversi su di me.» Incrociò le braccia al petto mentre sollevava il mento. Nessuna delle due azioni la fece sembrare autoritaria o superiore poichè aveva i capezzoli che sporgevano appena sopra i suoi avambracci e riuscivo a vedere la zazzera di peli scuri tra le sue cosce.

«Hai l'errata convinzione che ciò che facciamo col tuo corpo sia perverso,» dissi, incrociando anch'io le braccia al petto. Connor mi si mise accanto e lei dovette alzare la testa da dove si trovava appollaiata sul tavolo per guardarci. «Hai anche l'errata convinzione che ciò che facciamo col tuo corpo non sia onorevole. Ti abbiamo sposata, dolcezza.

Entrambi. Abbiamo impegnato le nostre vite, la nostra ricchezza, i nostri corpi, tutto con te. Se non fossimo uomini d'onore, faremmo tutto questo e poi ti lasceremmo nel bordello in città.»

Lei spalancò la bocca di fronte alle mie parole crude.

«È nostro compito cambiare il tuo punto di vista, farti comprendere che ciò che facciamo insieme è bello, puro e vero.» Connor fece un passo verso di lei. «Possiamo anche non piacerti per questo, al momento, ma è per il tuo bene.»

Invece di cercare di scendere dal tavolo, lei indietreggiò su di esso, forse per allontanarsi da noi sul lato opposto. Forse fu il tono delle nostre voci o il modo in cui ce ne stavamo in piedi alti bloccando il resto del mondo alla sua vista, ma sapeva che dicevamo sul serio.

Connor fece un passo indietro, girò i tacchi e andò a recuperare l'attrezzatura per radersi.

«La prima cosa che faremo è depilarti quella bella figa.» Le afferrai una caviglia, impedendole di scappare, poi avvicinai la sedia al tavolo e mi sedetti. Afferrandole l'altra gamba, la tirai verso il bordo, mentre lei trasaliva sorpresa e le allargai i piedi così che la sua figa fosse aperta ed esposta proprio davanti a me.

Lei si sollevò sui gomiti per guardarmi. «Cosa stai facendo?» sussurrò, guardandosi attorno, pensando che l'avremmo esposta a quel modo con altra gente nei paraggi.

«Come ho detto, ti depiliamo la figa.» Le feci scorrere le dita sui peli scuri setosi che le coprivano la passera e ne nascondevano le belle labbra rosee. Del seme ci si era seccato sopra e il mio uccello mi pulsò contro i pantaloni sapendo che apparteneva a me e Connor.

«Perché?» chiese.

«Perché vogliamo vedere tutta la tua bella pelle rosa,» risposi. «Perché appartieni a noi. La tua figa appartiene a noi.

Perchè devi abituarti a mostrarcela ogni volta che lo vogliamo.»

«Datemi del tempo e mi abituerò all'idea,» controbattè lei.

Io scossi la testa. «No, non vogliamo che tu ti *abitui* all'idea, vogliamo che tu *voglia* mostrarci la figa. Vogliamo che tu *voglia* piegarti a novanta sul tavolo e sollevarti l'abito così che possiamo scoparti. Nella stalla, *vogliamo* che tu ci conduca in un box, ti sdrai sul fieno fresco e apra le gambe così che possiamo metterci in mezzo la faccia.»

«Perché... perché dovreste volerlo fare?» domandò lei, accigliata.

Connor tornò, rasoio, pennello e sapone in mano. «Ti è piaciuta la sensazione che hai provato quando sei venuta, ragazza?»

Non poteva mentire, dal momento che aveva urlato di piacere per *tre* volte.

«Sì,» sussurrò.

«Vorrai i nostri cazzi. Vorrai farti scopare e ci implorerai di farlo.» Connor piegò la testa verso di lei. «Hai la figa bagnata, ragazza, riesco a vederlo da qui. Come abbiamo detto prima, può anche non piacere a te, ma al tuo corpo piace il modo in cui assumiamo il controllo.»

Lei si leccò le labbra. «Vi ho conosciuti solamente questa mattina. Che fretta c'è?»

«Non c'è alcuna fretta. Hai la figa che gocciola, dolcezza,» dissi io. «Alla tua figa non serve tempo, le servono solamente le nostre attenzioni, e un bel po'.»

Connor mi porse l'attrezzatura per raderla.

«Sdraiati, dolcezza, e non muoverti. Se farai la brava, dopo ti daremo un premio.»

Lei assottigliò gli occhi. «Non mi serve un premio come se fossi una bambina.»

Connor incrociò le braccia. «Ti prometto che il premio decisamente non sarà per *bambine*. È per le *brave ragazze*.»

Stringendo le labbra, lei lanciò un'occhiata ad entrambi, poi si sdraiò.

Connor la prese per la vita e la attirò più vicino al bordo del tavolo, i suoi piedi larghi e le dita arricciate attorno al bordo.

«Vuoi distrarti?» le chiese Connor, chinandosi sul tavolo e posando una mano accanto alla sua testa. «Ti distrarrò io.»

Mentre Connor prendeva a baciare Rebecca e ad usare la mano libera per giocare coi suoi capezzoli, io dissi, «Non muoverti, dolcezza.»

Le sfregai delle spesse bolle di sapone sulla figa, poi la depilai del tutto, rapidamente e con metodo, mentre per tutto il tempo lei se ne stava sdraiata il più ferma possibile con Connor che si lavorava i suoi capezzoli. Quando ebbi finito, mi alzai e andai a prendere un asciugamano bagnato. Le ripulii la pelle rosa ora liscia, rimuovendo ogni traccia di sapone.

Connor tirò su la testa e si sollevò dal tavolo per alzarsi in piedi e mettersi accanto a me per vedere la sua pelle nuda.

Facendole scorrere un dito sulla pelle ormai liscia, io dissi, «Non è meglio? Sentirai molto di più d'ora in avanti. Questo è solo il mio dito.» Mi chinai in avanti e le passai la lingua sul punto che le avevo accarezzato con esso. Così liscia, così morbida. «Questa è la mia lingua.»

Lei impennò i fianchi e gridò.

«Il tuo premio, ragazza, arriverà dalla bocca di Dash su di te.»

Sollevai lo sguardo su di lei tra le sue cosce e oltre i suoi capezzoli duri. Lei tornò a sollevarsi sui gomiti, ma invece di mostrarsi risoluta e contraria, era arrossata e aveva gli occhi velati di passione. «La sua bocca?»

Aveva lo sguardo fisso su Connor, per cui io chinai la

testa e le passai la lingua sul clitoride, ora chiaramente visibile assieme al resto della sua figa molto rosea e soffice.

«Puoi guardare, se vuoi. Digli cosa ti piace,» aggiunse Connor. Si voltò per mettere via l'attrezzatura per radersi e lo sguardo di Rebecca incrociò il mio. Mentre le accarezzavo il clitoride, allargandole le labbra con i pollici, la guardai. I suoi occhi scuri si spalancarono sorpresi, poi le sue palpebre si chiusero. Io me la presi con calma nel conoscere ogni sua curva, ogni rigonfiamento morbido, ogni centimetro bagnato di lei. Girando la mano, insinuai due dita dentro la sua apertura e le feci scivolare all'interno, scopandola lentamente, ma a tempo con le leccate al suo clitoride. Sentii il nostro seme a fondo dentro di lei, che la rendeva scivolosa.

Il suo respiro cambiò, si fece irregolare e profondo, i muscoli delle sue cosce che tremavano. Tutto il suo corpo si tese mentre me la lavoravo. La sua testa si dimenò sul tavolo.

«Non posso,» gridò. «Non posso. Non è giusto. Non dovrei-»

«Smettila,» disse Connor, la voce come una frusta che schioccava nella stanza.

Rebecca si interruppe ed io ritrassi le dita e la bocca. Utilizzando il dorso della mano, mi ripulii la sua essenza dalle labbra.

«Vuoi venire, Rebecca?» Connor la chiamò per nome, non ragazza, per cui seppi che faceva sul serio.

«Sì, sì, lo voglio, ma non così.» La sua voce era esile, vogliosa e frustrata. «Non con la tua... la tua bocca su di me.»

«Non ti piace?» le chiesi.

Sapevo che le piaceva. Sentivo il sapore del suo desiderio, glielo avevo leccato via dal corpo.

Lei annuì. «Allora verrai così, con la mia bocca su di te. Puoi decidere tu se sarà un premio o una punizione.»

Tornai al mio compito e non cedetti fino a quando lei non si dimenò sul tavolo. Perfino con la sua mente che si opponeva alle sensazioni, venne piuttosto in fretta, confermando i nostri pensieri circa il suo livello di passionalità e reattività.

Urlò il proprio piacere, poi si riaccasciò sul tavolo.

Io presi la sacca che Connor aveva portato a casa e ne estrassi i vari plug che Rhys aveva fabbricato assieme ad un vasetto di lubrificante. Aprii il vasetto e intinsi il plug più piccolo dentro l'unguento. Senza attendere che Rebecca si riprendesse, le posai una mano sul basso ventre e la tenni ferma mentre posizionavo la punta del plug contro il suo ano. Lei sussultò e Connor le accarezzò la fronte. «Ssh,» le canticchiò. «Dash ti sta infilando un plug nel culo.»

Il suo corpo si strinse con forza opponendosi al plug che voleva violarlo. Con la mano sul suo ventre, feci scivolare il pollice verso il basso per accarezzarle il clitoride e il suo corpo si rilassò, per quanto brevemente, quel tanto che bastò a farmi spingere appena la punta dentro la sua apertura vergine.

«Perché?» annaspò lei, il respiro mozzato.

«Perché ti prenderemo lì, ti scoperemo il culo e la figa nello stesso momento.»

«Adesso?» chiese lei voltando la testa e sollevando lo sguardo su Connor.

«No, ragazza. Dobbiamo allenare il tuo culo a prenderci.»

«È stretta, Connor,» affermai.

Rebecca gemette mentre io le spingevo lentamente il plug nell'ano. Era piuttosto piccolo, forse spesso quanto il mio dito mignolo, ma per lei doveva sembrare enorme. Ci sarebbe voluto del tempo per allargarla in modo che potessimo rivendicarcela entrambi, ma a giudicare dalle sue risposte alle piccole tracce di dolore miste al piacere, avevo la sensazione che i giochi anali sarebbero stati un qualcosa che avrebbe gradito.

Continuando ad accarezzarle in circolo il clitoride duro, lei si rilassò ancora di più e il plug scivolò dentro del tutto, la parte finale più stretta che permetteva al suo corpo di chiudersi quasi del tutto attorno ad esso con una flangia che rimaneva al di fuori così che lo si potesse tirare via.

«Brava ragazza,» le dissi. «Ti sei presa così bene il primo plug.»

«Voglio vedere,» disse Connor.

Io mi alzai e mi spostai.

«Ah, ragazza, goccioli di nuovo da quanto sei bagnata.» Connor si concentrò direttamente tra le sue gambe, poi si lasciò andare pesantemente sulla sedia che avevo appena liberato. Lei cercò di chiudere le gambe e alzarsi a sedere, ma Connor non glielo permise. Strattonò una volta l'estremità del plug e lei trasalì, gli occhi che si spalancavano. «Ti è piaciuto farti riempire il culo?»

Lei scosse la testa, ma non disse nulla. «Ah, ragazza, il tuo corpo non mente mai.» Le fece scorrere un dito sull'interno coscia, umido della sua eccitazione, poi le fece scivolare un dito dentro il suo stretto canale.

«Così avida, ragazza. Mi stai stringendo forte il dito. Hai bisogno di venire di nuovo? La bocca di Dash non ti è bastata?»

«Io... io-»

«Shh, va tutto bene, ragazza. Sappiamo di cosa hai bisogno.» Connor si alzò e si slacciò i pantaloni, l'erezione che gli cadeva nel palmo della mano. «Un gran cazzo.»

Facendo un passo avanti, si allineò con la sua apertura trepidante. Lentamente, dal momento che aveva un plug nel di dietro, scivolò dentro fino in fondo. Rebecca urlò e Connor gemette. Chinandosi in avanti, posò nuovamente una mano accanto alla sua testa, si abbassò e la baciò, i suoi fianchi che prendevano a muoversi lentamente.

«Così stretta, ragazza, col plug nel culo,» sussurrò. «Immagina come sarà quando ci sarò io nella tua figa e Dash a scoparti il culo.»

Lei gemette e inarcò la schiena.

«Esatto, ragazza. Prendilo. Prendi quello che ti do, quello che ti dà Dash.»

Lei lo fece. Era bellissimo vederla arrendersi, guardarla mentre sollevava le ginocchia per stringerle attorno ai fianchi di Connor, sentire le sue urla spezzate di piacere, guardare il suo corpo irrigidirsi mentre annaspava attraverso l'orgasmo. Connor venne in fretta, dal momento che doveva essere stata incredibilmente stretta. Baciandola sulla fronte, si tirò lentamente fuori dal suo corpo, si alzò ed esalò sonoramente. «Cazzo,» borbottò mentre si risistemava i pantaloni. «È insaziabile.»

Rebecca abbassò le gambe così che penzolassero giù dal bordo del tavolo, poi sibilò quando il plug la colpì in un punto dentro di lei, si portò le mani al viso e cominciò a piangere. Tutte le sue emozioni, l'eccessiva eccitazione, dovevano essere sfogate in qualche modo e i suoi orgasmi non erano bastati, o forse erano stati troppo. Connor la sollevò e se la prese tra le braccia, si sedette su una sedia e la strinse a sè, lasciandola piangere. Fu un pianto breve, che durò solamente un minuto o due.

«Ssh, siamo così contenti di te. Sei a posto. Dash, tuttavia, non se la sta cavano così bene. Guarda, ragazza, guarda.»

Indicò l'erezione che mi premeva scomodamente contro la patta dei pantaloni.

«Guarda cosa mi fai, dolcezza.» Me li slacciai e ne tirai fuori l'uccello, afferrandolo alla base. «Il gusto della tua figa me lo ha fatto venire duro. Riempirti il culo me l'ha fatto venire ancora più duro. Guardare Connor scoparti mi ha fatto praticamente venire dentro ai pantaloni. Dal momento che molto probabilmente avrai la figa indolenzita e che hai già subito abbastanza, per ora, puoi guardarmi venire.»

Cominciai ad accarezzarmelo, trovando un ritmo famigliare, un passo che sapevo che mi avrebbe estratto piuttosto in fretta il seme dai testicoli.

«Puoi... venire senza entrarmi dentro?» Lei tirò su col naso e appoggiò la testa contro il petto di Connor. Non se ne stava più seduta dritta, il che era un buon segno.

«Possiamo, certo, ma la sensazione della tua dolce figa che mi estrae il seme dall'uccello non è pari a nulla,» le disse Connor. «O la tua bocca. Come Dash ti ha fatta venire con la sua bocca, tu puoi prendere un cazzo nella tua e far venire un uomo.»

Connor le stava insegnando mentre io mi lavoravo e accarezzavo l'uccello.

«Puoi anche prendere un cazzo nella mano e farlo.»

«Perché sembra che faccia male?» domandò Rebecca. I miei fianchi presero ad impennarsi seguendo le mie spinte, l'orgasmo che montava alla base della mia spina dorsale e nei miei testicoli. Mi si ritrassero contro il corpo.

«È bello, un doloroso piacere.»

Afferrai lo strofinaccio dal lavandino e me lo tenni direttamente sotto il cazzo. Con un'ultima carezza, venni, i miei fianchi che spingevano in avanti mentre il seme mi si riversava fuori sullo straccio.

«Lo vedi? C'è così tanto seme, ragazza, così tanto per te.»

Trassi un respiro profondo mentre le ultime gocce mi si riversavano fuori, ripiegai lo strofinaccio e mi ripulii la punta dell'uccello. Lanciando un'occhiata a Rebecca che adesso era accoccolata in grembo a Connor, ma rapita dal mio piccolo spettacolino, sogghignai. Ero ben soddisfatto e non potei farne a meno.

«Hai intenzione di condividere ciò che abbiamo appena fatto con qualcuno?» chiesi, un sopracciglio inarcato.

Lei aggrottò la fronte e Connor gliela lisciò con un dito. «No, certo che no. È privato.»

Io sollevai un dito e sogghignai. «Esatto, dolcezza. Ciò che facciamo è privato.»

Lei inizialmente fu confusa, poi comprese.

«Io non direi ad anima viva che aspetto hai quando vieni o che sapore hai. Quell'onore spetta a me.»

«E a me,» aggiunse Connor.

10

Mi svegliai prima di Rebecca, che aveva la testa appoggiata sulla mia spalla e il corpo accoccolato contro il mio fianco. Il profumo dei suoi capelli, vaniglia, forse, mi risvegliò stuzzicandomi. Il vento si era alzato durante la notte e con l'alba riuscivo a vedre delle spesse nuvole scure mentre lo ascoltavo soffiare. La stanza era fredda, dal momento che dovevamo ancora accendere i fuochi per riscaldare la casa. Durante la notte, Rebbecca si era girata verso di me in cerca di calore ed io mi ero goduto la sensazione dei suoi seni premuti contro di me, una delle sue gambe gettata sopra la mia e il calore della sua figa contro la coscia.

Dovetti trattenermi dall'alleviare la pressione nel mio uccello infilandoglielo dentro. Dash, tuttavia, dormiva dietro di lei, il petto contro la sua schiena, e il giorno prima avevamo forzato un po' la mano con lei, non solo prendendoci la sua verginità, ma costringendola a cambiare delle concezioni errate che le erano state inculcate con la forza. Aveva messo in dubbio tutto ciò che le avevamo fatto, non perché vi fosse contraria, ma perché non sapeva che fosse perfino possibile o concesso.

Ci aveva raccontato del tempo che aveva trascorso in collegio ed io avrei voluto trovare la direttrice che aveva giustificato le punizioni corporali che aveva ricevuto – che tutte le *bambine* avevano ricevuto – afferrare il maledetto righello o la frusta che aveva usato e picchiare lei con essi. Avrei voluto rimetterla al suo posto per aver alzato le mani su mia moglie, per quanto in un'epoca in cui non la conoscevo, ma anche per averle inculcato delle nozioni ridicole riguardo ai doveri di una moglie.

Non doveva starsene in silenzio e mostrarsi servizievole sempre. Non doveva mettersi sotto di me senza muoversi mentre io me la scopavo.

Il motivo per cui non eravamo voluti tornare in Scozia dopo il tempo trascorso nel Mohamir si basava sulle azioni crudeli del nostro ufficiale comandante, Evers. Non era stata una scelta, ma non mi mancavano le nozioni contegnose e quasi bigotte che la società imponeva alle donne. I mariti potevano lasciare una donna insoddisfatta, fredda e sola mentre se ne andavano in un bordello a soddisfare i propri bisogni più basilari. Una moglie doveva essere virtuosa, frigida e fedele. Un marito poteva essere tutto ciò che voleva, anche disonorevole, proprio come era stato mio padre. Ricco e nobile di nascita, aveva sposato mia madre per i suoi soldi, unendo le due fortune in un'unica ricchezza. L'unica unione che i miei genitori avevano forgiato a parte quella monetaria era avvenuta la notte in cui ero stato concepito io, dal momento che mi ricordavo delle donne che mio padre aveva sfoggiato davanti a me, mia madre e l'intera comunità senza la minima preoccupazione.

Lei era stata cresciuta con la convinzione di doversi

mostrare tanto obbediente quanto Rebecca, ma era stato mio padre ad insegnarle che era frigida e solamente una cavalla da riproduzione per il suo erede. Me.

Ciò che aveva fatto mio padre, ciò che era stato insegnato a Rebecca non era il nostro modo di vivere. Gli uomini del Ranch di Bridgewater aspiravano a standard più elevati. Eravamo fedeli, possessivi e molto amorevoli. In cambio, le nostre mogli facevano ciò che chiedevamo loro per tutelare la loro sicurezza, ma anche per il loro piacere. Non eravamo modesti, non eravamo minimamente casti. Se una moglie aveva bisogno di attenzioni, noi non tardavamo a concedergliele. Per quanto avessi il cazzo duro sin dall'ultima volta che me l'ero scopata, Rebecca di certo era indolenzita per cui le mie necessità venivano dopo il suo benessere.

Poteva anche non tendere a credere a Dash o a me riguardo a come una donna si fosse dovuta comportare, per quanto noi fossimo i suoi mariti e il suo piacere fosse prova del fatto che ogni nostra richiesta sfacciata fosse per il suo bene, per cui avrei chiesto l'aiuto degli altri. Le altre donne avrebbero conosciuto le sue preoccupazioni e di certo avrebbero alleviato un po' dei suoi sensi di colpa, un po' della sua confusione. Con attenzione, scesi dal letto per andare nel fienile, dare inizio al mio lavoro e chiedere agli uomini l'aiuto delle loro mogli. Sapendo che Dash si sarebbe trovato con Rebecca quando lei si fosse svegliata, mi vestii in fretta e scesi al piano di sotto per accendere la stufa in cucina.

REBECCA

Connor non si trovava nel letto con noi quando mi svegliai. Non mi sembrò strano, dal momento che era la prima notte in tutta la mia vita che condividevo il letto e mi svegliavo accanto ad un uomo. Dash mi fece rotolare sulla schiena e mi baciò profondamente, ma non fece altro. Mi avevano infilato quel... quel plug nel di dietro la sera prima e nonostante ce l'avessero lasciato solamente fino a quando Connor aveva finito di... di scoparmi, ero indolenzita in quel punto tanto quanto nella figa. Dopo una giornata con Dash e Connor, stavo già usando le loro parole volgari nella mia testa!

Perchè Dash mi avesse solamente baciata per poi aiutarmi a vestirmi non mi fu chiaro. Erano stati così sfacciati e impudenti con me il giorno prima, per cui fui sorpresa della sua mancanza di... trepidazione in quel momento. Fu piuttosto attento nell'aiutarmi a indossare gli abiti ed io rimasi tutto il tempo in silenzio, preoccupata che avrebbe potuto cambiare idea e costringermi a restare nuda per un altro giorno. Riflettendoci, riuscii a vedere che per quanto mi fossi trovata a disagio con la mia nudità, loro mi avevano impedito di vestirmi perché la cosa dava loro piacere, il che, a sua volta, aveva dato piacere a me.

Quando Connor tornò a casa, io e Dash eravamo pronti ad andare da Kane e Ian.

«Voltati, ragazza, e metti le mani sulla porta.»

Inarcai le sopracciglia a quella richiesta, ma feci come mi aveva detto.

«Voglio dare un'occhiata alla tua figa prima di uscire.»

Mi si scaldò il corpo alla carnalità di quelle parole e praticamente mi sciolsi contro la porta. Lui mi sollevò l'orlo della gonna, la sua mano che mi sfiorava dietro la gamba e più in alto... sempre più in alto fino a quando non si arrotolò il tessuto attorno al polso sulla mia vita. Dash non mi aveva permesso di indossare delle mutande assieme al resto degli abiti ed io riuscivo a sentire l'aria fresca colpirmi la carne accaldata.

La sua mano mi si insinuò tra le cosce e mi accarezzò

molto delicatamente e molto lentamente la figa. Io spinsi le natiche verso la sua mano prima di dover pensare a quanto fosse sfacciata quell'azione. Lui gemette contro il mio orecchio quando mi trovò bagnata.

«Vedi, ragazza,» mi disse. «Sapevo che ti sarebbe piaciuto avere la figa nuda. Adoro come inarchi la schiena e me la dai.»

Appoggiai la guancia contro il legno freddo e chiusi gli occhi alla sensazione deliziosa del suo dito contro la mia carne indolenzita. Lui non vi indugiò, però, né mi portò all'orgasmo. Invece, rimosse la mano e l'abito ricadde ai miei piedi.

Aprii gli occhi e lo guardai da sopra la spalla confusa. «Non volevi...? Voglio dire-»

«Ecco, ora dovresti essere bella accaldata per il viaggio.»

Sogghignò, mentre io, in cambio, mi indispettivo. Ero pronta a supplicarlo di continuare quando mi ricordai di ciò che mi avevano detto il giorno prima – che li *avrei* implorati di scoparmi. Dio, avevano avuto ragione!

Mentre attraversavamo a piedi l'aperta prateria tra le due case, cominciò a nevicare. Per fortuna, mi ero preparata al lungo tempo invernale del Montana con un lungo cappotto in lana, dei guanti imbottiti di pelliccia e una spessa sciarpa da avvolgermi attorno alla testa e al collo che si erano trovati nel baule che mi era stato consegnato. In più, Connor aveva avuto ragione. Le sue carezze illecite mi avevano scaldata fin nel profondo e aiutavano a tenere a bada il freddo. Nonostante ciò, Dash mi avvolse un braccio attorno alla vita ed io mi accoccolai a lui mentre camminavamo. Per essere ottobre, immaginai che fosse il tipico clima volubile del Montana, ma il colore grigio scuro delle nuvole indicava che probabilmente non si trattava di una ventata di freddo passeggera.

Dash aprì la porta della casa di Ian e Kane ed io entrai per prima. Connor se la chiuse rapidamente alle nostre spalle, tenendo fuori il vento burrascoso e il freddo. Ann, con i capelli biondi raccolti e stretti da un nastro, ci venne incontro all'ingresso.

«Ma bene,» mi disse. «Gli uomini sono disposti a perderti di vista dopo solo un giorno di matrimonio! Un lusso per noi.»

Mi prese guanti e sciarpa e li portò via dalla stanza, lasciandomi coi miei uomini. Dash mi aiutò a togliermi il cappotto.

«Mi state lasciando?» domandai sorpresa.

Gli uomini tenevano i cappelli tra le mani, ma indossavano ancora le giacche. «Dobbiamo recuperare il bestiame nei campi più lontani. Per quanto sia solamente ottobre, potrebbe trattarsi di una brutta tempesta e abbiamo bisogno che stiano nei paraggi.»

«Non può pensarci-» Mi interruppi quando mi resi conto che stavo discutendo con Connor riguardo a come gestissero il ranch e mi stavo mostrando petulante. «Ma certo, capisco.»

«Sarai al sicuro qui con le donne. Quinn resterà in casa assieme ad un altro aiutante. Le altre sanno cosa fare in caso di problemi e noi dovremmo fare ritorno prima che faccia buio.»

Annuii e mi strinsi le mani in grembo. «Sono certa che starò bene.»

«Riconosco quel tono mite,» replicò Dash. «Ti stai mostrando compiacente contro il tuo volere. Va bene se ti manchiamo e se vuoi dircelo.»

Inarcai un sopracciglio e non potei fare a meno di sorridere. «Ma non avete un *minimo* di modestia entrambi?» Indicai Connor. «Ieri, rispondendo alla porta-» mi guardai attorno abbassando la voce, «-nudo e tu- tu cerchi elogi dove non ve n'è.»

«Molto bene,» replicò Connor sogghignando. «Ti dirò la

verità.» Si posò la mano sul petto e si chinò per sussurrarmi all'orecchio. «Mi mancherai, eppure resterò al caldo pensando ai tuoi capezzoli rosa e alla tua passera rosa e a come le tue guance diventano rosa quando ti parlo senza alcuna modestia... proprio come adesso.»

Lo spintonai via e lui fece un passo indietro, ma solo perché aveva scelto di farlo.

«Penserò anch'io a qualcosa di rosa,» aggiunse Dash, un angolo della bocca che si curvava verso l'alto, ma vidi il calore nei suoi occhi.

«Andate,» risposi io. «Occupatevi delle vostre mucche. Io starò bene. Davvero.»

Gli uomini mi guardarono attentamente per un attimo, poi mi diedero entrambi un bacio a turno. Non si trattò di semplici bacetti sulla guancia. Furono baci che parlavano di promesse a venire. Apparentemente soddisfatti, si misero il cappello e se ne andarono. Io, d'altra parte, non fui soddisfatta per nulla. Ero tutta accaldata e le labbra mi formicolavano mentre tra le gambe non solo ero indolenzita, ma anche bagnata da quando Connor mi aveva toccata. Non ero minimamente soddisfatta ed ero piuttosto ansiosa del ritorno dei miei uomini. Era questa la loro intenzione? Se lo fosse stata, stava funzionando piuttosto bene.

Seguii le voci delle donne provenienti dal retro della casa. Ann, Emma, Laurel e Olivia si trovavano in cucina. Emma teneva in braccio la piccola Ellie, mentre Christopher era seduto su un seggiolone con un cucchiaio e una ciotola di quello che sembrava essere porridge. Feci una smorfia a quella vista, dal momento che lo mangiavamo tutte le mattine a scuola. Ne aveva metà sulla faccia. Laurel era decisamente incinta, il rigonfiamento sul suo ventre sembrava un'anguria sotto il suo abito. Era seduta a tavola coi piedi appoggiati su una sedia e Olivia le stava portando una tazza di caffè fumante.

Io me ne restai in piedi sulla porta a guardarle, a loro agio con le proprie vite lì a Bridgewater. Chiaramente, i loro uomini erano abbastanza attenti nei loro confronti che tre di loro av0evano avuto o stavano per avere un figlio. Da quanto aveva detto Olivia il giorno prima a pranzo, forse lei non era stata sposata tanto a lungo da far parte di quella distinzione.

Olivia fu quella che mi vide per prima. «Rebecca! Oh, bene, ti sei unita a noi. Entra. Ti andrebbe del caffè? O sei più tipo da tè?»

Io sorrisi ed entrai nella stanza. *Ero* più tipo da tè, ma il caffè mi sembrava una bevanda più americana e avevo bisogno di imparare le loro usanze se dovevo essere una di loro. «Se avete fatto il caffè, va benissimo. Grazie.»

«Siamo sorprese di vederti,» disse Emma.

«Che cammini,» aggiunse Laurel, con una mano sulla bocca nel tentativo di nascondere un sorriso.

11

EBECCA

Sapevo di cosa stava parlando. Adesso. Il giorno prima non ne avevo avuto idea. Ero indolenzita tra le gambe. La mia passera, come la chiamavano gli uomini, pulsava, non solo per essere stata riempita e allargata da due cazzi, ma anche per via delle sensazioni latenti del piacere che mi avevano provocato. Anche il mio ano era sensibile.

«Io ho dovuto aspettare tre giorni prima che mi fosse permesso di indossare di nuovo degli abiti,» condivise Olivia. «Ho tre mariti, per cui sono rimasta da sola con loro per tre giorni.»

«Sei rimasta nuda per *tre* giorni?» domandai, sconvolta. I miei uomini me l'avevano richiesto solamente per uno.

«E pur nuda per così tanto tempo, ti ci sono voluti comunque tre mesi interi per rimanere incinta,» aggiunse Ann.

Olivia si posò una mano sul ventre ancora piatto. «Visto

quante volte mi hanno presa all'epoca – e perfino ora – uno penserebbe che fosse accaduto subito.»

Rimasi sconvolta dalla facilità con cui discutevano di un argomento a cui io non avrei mai nemmeno accennato, figuriamoci pensarci, prima di Bridgewater.

«Io sono rimasta incinta durante il primo mese,» ammise Ann.

«Due mesi,» aggiunse Emma.

Tutte e quattro le donne guardarono me. «Pensate forse... Non potrei essere incinta,» balbettai. Quell'idea era assurda.

Tutte quante si accigliarono. «Non ti hanno rivendicata?» mi chiese Emma.

Mi sentii arrossire. «Be', insomma...»

Ann sollevò una mano mentre ripuliva il viso di suo figlio. «Non devi dire nulla, ci è chiaro che l'hanno fatto. E, sì, *potresti* essere incinta. Quei tuoi uomini sono decisamente virili.»

Mi ricordai dell'abbondante seme che era uscito dall'uccello di Dash quando se l'era accarezzato fino all'orgasmo. A giudicare da quello e dalla quantità che mi era colata lungo le cosce, dovetti ammettere che le possibilità c'erano, eccome. Arrossii al pensiero di ciò che avevamo fatto.

«Non preoccuparti, sarai in grado di parlarne molto presto.»

A quel punto io scossi la testa. «Io non sono come voi. Mi è stato insegnato a farmi vedere, ma non sentire, ad accettare qualunque marito mio padre avrebbe scelto per me e poi chiudere un occhio quando se la sarebbe spassata con una cantante dell'opera.»

«Io ho vissuto in un collegio a Denver da quando avevo sette anni,» replicò Laurel.

«Io ne avevo sei e quel posto era orribile,» ammisi. «Il solo guardare quel porridge mi fa stare male.»

Ann lanciò un'occhiata alla ciotola posta di fronte a suo

figlio. «I fiocchi d'avena? Mi assicurerò di dire agli altri che farebbero meglio a servirti qualcos'altro quando li prepareremo a colazione.»

Laurel mi sorrise, ma questa volta in una maniera che mi lasciava intendere che mi capiva. «La mia non è stata terribile, in effetti erano tutti piuttosto gentili, ma io sognavo il giorno in cui mio padre mi avrebbe desiderata davvero. Quel giorno è giunto lo scorso inverno, ma non è stato per amore, bensì per un'alleanza. Inutile dire che non è avvenuta. Ho imparato che ciò che ci si aspetta non è ciò che si desidera realmente.»

Riflettei su quelle parole mentre bevevo un po' di caffè, cercando di non fare una smorfia di fronte a quel sapore amaro. Trovai una piccola brocca di panna sul tavolo e ne aggiunsi un po', girandola poi con un cucchiaino.

Desideravo davvero un uomo che non mi avrebbe dato attenzioni e non mi avrebbe offerto alcun piacere perchè era un comportamento appropriato? L'uomo che mio padre aveva scelto mi voleva solamente per produrre un erede, ma a parte quel dovere, io non valevo nulla per lui. Avrebbe avuto un'amante o due e avrebbe ricoperto quelle donne di tutti i piaceri carnali che desideravano. Io, d'altra parte, sarei stata lasciata al freddo e senza alcuna consapevolezza di quanto Connor e Dash mi avevano mostrato solamente in un giorno. Sarebbe venuto da me al buio e avrebbe armeggiato con la mia camicia da notte sotto le coperte prendendomi per soddisfare i propri bisogni. Io non avrei mai conosciuto il piacere che potevo trovare nel mio corpo, sotto le mani di uomini che mi desideravano con ardore.

«Voi... voi sapevate che avreste sposato due uomini?» domandai. Mantenni lo sguardo sul cucchiaino che stavo girando invece di incrociare quello di qualunque delle donne.

«Io sono stata venduta a Kane ed Ian ad un'asta al bordello.»

Sollevai gli occhi per incrociare lo sguardo di Emma, scioccata. Lei annuì mentre si faceva saltellare Ellie su un ginocchio.

«Io sono fuggita da mio padre e da un matrimonio combinato solo per finire quasi morta in una bufera di neve. Brody e Mason mi hanno salvata,» raccontò Laurel.

«Mio zio condivide una moglie con un suo amico, ma io non ho saputo di quella situazione fino alla mia notte di nozze, quando lui mi ha data in sposa non ad un uomo, non a due uomini, bensì a tre per proteggermi da un ex pretendente infuriato,» disse Olivia.

«Andrew e Robert mi hanno salvata da un padre crudele. A differenza delle altre – e di te – io sapevo che li avrei sposati entrambi, ma non che cosa significasse realmente, che entrambi sarebbero stati così attenti e dominanti,» aggiunse Ann. «All'epoca non mi importava fintanto che avrebbero mantenuto la promessa di non picchiarmi mai.»

«Io... non avevo idea che anche voi aveste avuto delle vite così... complicate. Sembrate tutte così felici,» dissi, dimenticandomi del mio cucchiaino.

«Siamo felici,» confermò Laurel, accarezzandosi il ventre gonfio con la mano. Le altre tre annuirono. «E in un mese o giù di lì, io non sarò più così raggiante.»

Non potei fare a meno di ridere assieme a loro.

«È solo che... io metto in dubbio ogni cosa che fanno,» ammisi.

Emma roteò gli occhi. «Bene. Non fargliela passare liscia. Loro non renderanno le cose facili per te, dal momento che hai due uomini da soddisfare e tu sei da sola.»

«Puoi mettere in dubbio la loro abilità e il loro interesse nel tuo corpo, ma non c'è bisogno che metti in dubbio il loro onore o la loro lealtà nei tuoi confronti. Sei il centro del loro mondo, adesso, non dubitarne,» aggiunse Ann.

Qualcuno bussò alla porta ed Emma si alzò, sistemandosi

Ellie su un fianco per andare a rispondere.

«Sono... molto entusiasti.» Non erano le parole più accurate per descrivere ciò che pensavo di Connor e Dash.

«Travolgenti?» chiese Emma.

«Imbarazzanti?» aggiunse Ann.

«Appassionati.» «Insaziabili.» «Affettuosi.» «Intensi.» «Dominanti.»

Le ragazze fecero a turno ad elencare altri aggettivi che effettivamente si addicevano ai miei uomini.

«I mie sono molto *impazienti* di conoscere questo bambino che abbiamo fatto,» commentò Laurel.

«Le stanno sempre addosso e gli altri li hanno dovuti trascinare via così che potesse avere un paio d'ore di pace,» confessò Ann, sollevando suo figlio dal seggiolone e mettendolo giù. Lui sgambettò verso alcune pentole e un cucchiaio di legno a terra, si sedette e cominciò a farle battere.

«Un mese è lungo, specialmente dal momento che riesco a malapena a muovermi.» Si agitò sulla sedia. «Non li voglio lontani troppo a lungo, comunque, dal momento che io sono altrettanto vogliosa di loro quanto lo sono sempre stata. Giuro che ho delle necessità proprio come un uomo vigoroso e solo loro possono soddisfarle.»

«Guardate un po' chi si è unita a noi!» disse Emma, tornando nella stanza. Dietro di lei c'era una donna che riconobbi dalla pensione. «Rebecca, forse hai già conosciuto Allison Travers? Lavora alla pensione dove hai alloggiato.»

Allison era molto bassa con dei capelli molto ricci e scuri raccolti in una crocchia bassa. Il suo sorriso era caldo e amichevole e sembrava a proprio agio con le altre, per cui immaginai che si conoscessero piuttosto bene. In chiesa, magari? Il suo abito era di un verde scuro e aveva il cappotto nero piegato su un braccio. Io l'avevo vista solamente di sfuggita alla pensione e non ci eravamo presentate formalmente.

«Sì, ben ritrovata,» risposi.

«Ti ho portato l'altro baule,» mi disse lei. «Mi dispiace che dovrà restare fuori nella neve fino a quando uno degli uomini non potrà tirarlo giù dal carro.»

«Può darci una mano Quinn,» le disse Emma.

Vidi Allison spalancare gli occhi e arrossire a quel nome. «Non l'ho visto, dal momento che sono venuta direttamente qui. Per quanto riguarda il tuo baule-» Si voltò verso di me. «-credo che tu ti sia portata dei mattoni dall'Inghilterra.»

«Sì, è piuttosto pesante, ma niente mattoni. Non preoccuparti; il baule non è un problema. Ne ha passate molte tra Londra e qui.» Mi alzai e la raggiunsi. «Sei venuta dalla città da sola con questo tempo? Di certo il signor Arnold non te lo avrebbe permesso.»

Stavo parlando come una signorina inglese, non come una donna del Territorio del Montana.

«Vero, ma non stava nevicando quando sono partita e conosco la strada. Il signor Arnold non poteva portarlo lui stesso in giornata così mi sono offerta io.»

«Caffè?» le chiese Emma. Al cenno di assenso di Allison, lei mi porse Ellie per occuparsene. La bambina era più pesante di quanto mi fossi aspettata, ma calda e piena e aveva un odore così dolce. I suoi occhi azzurri, proprio come quelli della mamma, mi guardarono e mi sorrise. Potevamo aver fatto un figlio il giorno prima? Avrei avuto una bambina con i capelli chiari come Dash o li avrebbe avuti scuri come Connor?

«Grazie.» Allison posò la giacca sullo schienale di una delle sedie. Andò a sedersi a terra accanto a Christopher e battè le mani a ritmo con i suoi colpi. «Ammetto che avevo un altro motivo per venire.»

Emma voltò le spalle ai fornelli e le portò la tazza. «Oh? Posso solo immaginare,» la prese in giro. «Un certo gentiluomo, magari?»

Allison arrossì e abbassò lo sguardo sul pavimento di legno. «Ero piena d'iniziativa quando sono partita dalla pensione, ma man mano che mi avvicinavo, la mia sfacciataggine è evaporata. In effetti mi fa piuttosto piacere che gli uomini non siano qui, dal momento che temo che mi metterei in ridicolo.»

«Posso capire,» risposi io, più a me stessa che a tutte le altre. Avevo commesso così tanti sbagli con Connor e Dash sin da quando ero arrivata il giorno prima.

«Oh! Mi dispiace tanto – mi ero dimenticata delle belle notizie. Si è diffusa la voce in città che hai sposato Connor MacDonald ieri. È tutto ciò di cui la gente – se non altro le donne – riesce a parlare.»

Io annuii e sorrisi. «Sì, l'ho sposato.» La gente in città sapeva del mio matrimonio con Connor, ma non di quello su delega con Dash.

«Devi dirmi come vi siete conosciuti, dal momento che ho sentito parlare di amore a prima vista, ma perfino così è successo tutto troppo in fretta!» Sembrava ansiosa di conoscere i dettagli.

Lanciai un'occhiata alle altre donne, che sembravano tutte così rilassate e per nulla preoccupate dei matrimoni insoliti di Bridgewater. Di certo era stato raccontato loro della nostra capatina in città e del matrimonio affrettato in chiesa. Allison conosceva le usanze degli uomini? Se così fosse stato, non ne sembrava turbata. Se non l'avesse saputo, tuttavia, io non avevo intenzione di rivelarglielo, dal momento che se si era sparsa voce del mio matrimonio con Connor, potevo solamente immaginare che altrettanto sarebbe corsa la notizia sul fatto che le donne di Bridgewater rivendicavano diversi uomini per sè.

«Mio fratello è stato nell'esercito con lui, con molti degli uomini di Bridgewater, in effetti. Stavamo venendo a vivere qui al ranch quando è morto.»

Emma venne a prendere Ellie dalle mie braccia.

L'espressione entusiasta per il racconto del mio matrimonio svanì dal volto di Allison. «Mi dispiace molto.»

«Grazie.» Non avevo mai nemmeno conosciuto Cecil prima che fosse comparso a Londra portandomi via, per cui piangevo solamente il rapporto che avremmo potuto avere. Quello non era il momento di rifletterci, però, e un Montgomery non si lamentava mai.

«Quale degli uomini ha attirato la tua attenzione? Porter?»

Allison si lisciò la gonna. «È piuttosto attrente, ma si tratta del... del signor McPherson. Non il tuo signor McPherson, Olivia, *l'altro*.»

Il mio cuore perse un battito al sentir nominare Dash.

Le altre donne rimasero un attimo interdette e fu Emma a rispondere per prima. «Dash è... molto carino.»

«Non mi ero resa conto che l'avessi conosciuto,» aggiunse Ann. «Credo che la torta sia pronta,» disse ad Emma mentre andava verso il forno e ne apriva lo sportello per guardare dentro. L'aria si riempì del profumo di dolce appena cotto.

«Non l'ho conosciuto. L'ho solamente visto in chiesa le volte che ci è stato. Ammetto che gli uomini di Bridgewater sono *tutti* piuttosto attrenti. C'è qualcosa riguardo al signor McPherson, però, che mi fa mozzare il fiato.»

Potevo capirla, dal momento che aveva lo stesso effetto su di me. Perfino vestito. Quando si era aperto i pantaloni e ne aveva estratto l'uccello senza un briciolo di modestia, non solo mi aveva mozzato il fiato, mi aveva fatta... bagnare. La sua intensità e il modo in cui era stato concentrato su di me erano stati inebrianti e quando mi trovavo con lui mi sentivo come se fossi l'unica cosa che avesse in mente. Non potevo condividerlo, specialmente non in quel momento, per cui mi strinsi le mani in grembo, raddrizzai le spalle incredibilmente più di quanto non lo fossero già e mi piazzai un sorriso sul volto. Per una volta, gli insegnamenti della signora Whiters erano stati d'aiuto.

Allison continuava a parlare spronata da Ann e Laurel, sebbene per quanto loro cercassero di farle cambiare argomento passando alla bellezza di Quinn o di Porter, presumibilmente entrambi scapoli, lei riportava sempre i propri commenti su mio marito.

Non avevo ragione di sentirmi ferita dalle parole di Allison: non intendeva alcun male. Se avesse saputo che ero sposata anche con Dash, era una donna molto educata e non avrebbe parlato di lui come stava facendo in quel momento.

Il mio dolore proveniva dal pensiero di Dash. Provava le stesse cose per Allison? L'aveva vista in chiesa o di sfuggita in città e l'aveva trovata attraente? Non aveva avuto scelta nello sposarmi; ero diventata sua molte settimane prima di arrivare perfino a Bridgewater.

Connor aveva avuto una scelta nello sposarmi. Per quanto non si fosse trattato di un'unione d'amore, io non l'avevo costretto. Avevo privato Dash della possibilità di farsi una vita con Allison? Vedeva il suo volto, la sua figura minuta quando mi toccava? Pensava a lei quando affondava dentro al mio corpo?

Aggiunsi un commento benevolo qua e là nella conversazione, ma le altre donne svolsero un lavoro eccellente nel farla scorrere. Era chiaro che Allison fosse stata già ospite in passato e si trovasse piuttosto a suo agio a chiacchierare con loro. Fummo interrotte da qualcuno che bussava alla porta sul retro, poi Quinn fece capolino da fuori.

«Vieni via dal freddo,» gli disse Emma.

Lui si tolse il cappello e battè gli stivali sulla veranda prima di entrare e chiudersi la porta alle spalle. Aveva della neve a corprigli le spalline della giacca.

«Salve, signorina Travers,» disse, facendo un cenno ad Allison mentre lei si alzava.

Lei sorrise ed io la vidi arrossire nel sentire la voce dell'uomo. Era timida nei confronti di tutti gli uomini o arrossiva solamente di fronte a quelli per cui provava interesse?

«Signor Quinn.»

«La neve sta ancora cadendo, ma credo sia sicuro recarsi in città. Per quanto siate venuta da sola, insisto nel riaccompagnarvi a casa.»

Lei lo adocchiò e, molto probabilmente, capì che non sarebbe riuscita a dissuaderlo. «Molto bene. Vi ringrazio.»

Lui si voltò verso di me. «Vi farò avere il baule dopodichè riporterò la signorina Travers in città. Due degli uomini sono nelle stalle, per cui se doveste avere bisogno di loro mentre io sono via, sapete di dover sparare due colpi di fucile, tre se c'è un'emergenza.»

Non ne ero al corrente, ma le altre donne gli dissero che lo avrebbero fatto senz'altro.

Annuii per ringraziare l'uomo che mi avrebbe consegnato il resto dei miei vestiti, ma che si sarebbe anche riportato Allison in città. Non avevo idea di dove sarebbe rimasta altrimenti. Sarebbe stato inappropriato per lei stare con Quinn o con chiunque degli altri scapoli. Immaginai che Kane o Ian avrebbero potuto stare in un'altra casa per la notte e dare l'impressione di un tipo di matrimonio diverso da quello che avevano, ma ero certa che avessero tutti un piano in mente per quel genere di eventualità. Non volevo vedere Allison corteggiare Dash al suo ritorno. Ancor di più, non volevo vedere come Dash avrebbe guardato Allison. Per quanto mi avesse rassicurata circa il proprio onore, non pensavo che sarei riuscita a convivere con la consapevolezza che mi avesse sposata *solamente* per onore.

«Non appena sarete pronta, partiremo,» disse Quinn ad Allison, poi tornò fuori.

12

ASH

Avevamo trascinato la maggior parte del bestiame nei pascoli più vicini; ci era voluto l'aiuto di tutti quanti per riuscirci, ma ci saremmo dovuti avventurare fuori di nuovo solamente alle prime luci dell'alba per trovare i dispersi. Il tempo non era migliorato, anzi, era soltanto peggiorato. La neve copriva il terreno fino alle mie caviglie e non sembrava accennare a smettere di cadere. Con il vento, sembrava una bufera. Qualunque foglia fosse rimasta sui pioppi lungo il torrente si trovava ormai a metà strada verso il Canada. Il sole era tramontato un'ora prima e noi battemmo gli stivali ed entrammo in casa di Kane ed Ian in una lunga fila di uomini stanchi. Il profumo di stufato riempiva l'aria e il calore del fuoco era bellissimo.

Le donne vennero a prenderci le giacche e i guanti per metterli ad asciugare sui ganci dietro la stufa. Il mio sguardo attirò e sostenne quello di Rebecca e il piccolo sorriso che mi rivolse mi scaldò fin nel profondo. Non fu così aperta nel mostrare il proprio affetto come lo fu Olivia coi suoi uomini – se la trascinarono facilmente nel ripostiglio della cucina chiudendosi la porta alle spalle – nè in confronto all'impazienza di Mason e Brody di assicurarsi che Laurel stesse bene e che il bambino si trovasse ancora al sicuro dentro di lei.

In effetti, il sorriso di Rebecca sembrava in qualche modo riservato, ma io sapevo che *Rebecca* era riservata. Era la consapevolezza di avere una moglie ad attenderci dopo una lunga giornata di lavoro e che quella bellissima donna, a prescindere da quanto fosse suscettibile, era nostra. Prendevo quel sorriso come un qualcosa da custodire, dal momento che a prescindere da quanto fosse piccolo, veniva elargito liberamente.

Dopo aver appeso le cose di Connor e poi le mie, le diedi il bacio che avevo bramato per tutto il giorno.

Lei mi offrì piuttosto prontamente la bocca, poi squittì e si ritrasse. «Dash, hai il naso ghiacciato!» Sollevò una mano per coprirsi la guancia nel punto in cui glielo avevo sfregato contro.

Sogghignai. Era stata la prima buona ragione per non baciarmi che aveva avanzato fino a quel momento. «Molto bene, ma vorrò baci doppi più tardi, una volta che mi sarò scongelato,» la avvertii. Invece di arrossire come mi ero aspettato, lei strinse le labbra e distolse lo sguardo. Connor incrociò il mio da sopra la sua testa e scrollò leggermente le spalle. Bene, anche lui aveva notato che c'era qualcosa che non andava.

«Rhys!» esclamò Olivia, la voce smorzata dalla porta del ripostiglio.

«Sta... sta bene?» domandò Rebecca ad entrambi.

Connor sogghignò. «Non la stanno picchiando, ragazza.»

Le sue sopracciglia formasono una V un attimo prima che lei spalancasse gli occhi. «*Qui*? Adesso?»

Avvicinandomi, io mormorai, «Aveva bisogno che si occupassero di lei e gli uomini si stanno dando da fare.»

Lei indietreggiò come se l'avessi ustionata. Avevo fatto qualcosa per infastidirla, ma non sapevo di cosa potesse trattarsi, dal momento che non la vedevo da quella mattina. Avrei potuto comprendere il suo riserbo se fosse stato diretto sia a Connor che a me, ma sembrava che fossi solo io il prescelto.

«Sì, ma qui?» Lanciò un'occhiata a Connor, poi si guardò attorno in cucina. Brody stava aiutando Laurel ad alzarsi e Mason condusse entrambi lungo il corridoio. Emma porse Ellie ad Ann un attimo prima che Ian si gettasse sua moglie in spalla, le sculacciasse il sedere e se la portasse su per le scale sul retro. Kane li seguiva a ruota.

Andrew mescolò il cibo dentro la grossa pentola sul fuoco e versò un po' di stufato nelle ciotole impilate lì accanto. Io ero abituato ad avere una coppia che scopava in un angolo privato della casa o della stalla. Privato, sì, ma non silenzioso. I rumori di scopata abbondavano ovunque andassi nel ranch. Prima, invece di infastidirmi, mi avevano solamente fatto desiderare che io e Connor avessimo avuto una moglie tutta nostra su cui concentrarci. Per Rebecca, però, doveva sembrare che fossimo un manipolo di selvaggi.

«Stanno avendo tutti dei... *rapporti* in questo istante?» sussurrò.

«Sì, per quanto sembra che Andrew e Robert consumeranno la loro cena prima di farsi Ann mentre gli altri guarderanno la piccola Ellie,» dissi, ma lei mi offrì a malapena un'occhiata prima di assottigliare le labbra.

«Non sono rapporti. Com'è che si chiama, ragazza?» le chiese Connor. «Dillo.»

Lei scosse la testa e strinse le labbra. «Non... non posso.»

«Molto bene,» risposi io. «Ho abbastanza fame da

mangiarmi un orso arrosto, ma desidero più avere *rapporti* con te.»

I suoi occhi si infammarono alle mie parole. Stava pensando a qualcosa e non era a scopare. «Non è necessario. Non ho bisogno che... vi occupiate di me come le altre.»

Di cosa diamine avevano parlato le donne? Avrebbero dovuto parlare con lei per *aiutare* Rebecca con le sue preoccupazioni, non renderla disinteressata e completamete fredda. Afferrai il cappotto di Rebecca da un gancio, lo lanciai a Connor, poi afferrai il mio. «Non c'è una sola persona in questa casa che abbia bisogno di attenzioni e di *rapporti* più di te.»

Sì, qualcosa non andava. Tornati a casa, Connor la aiutò a togliersi la giacca e lei gli permise di baciarle il collo, ma a me non fu rivolta nemmeno un'occhiata. Li guardai interagire mentre attizzavo il fuoco in cucina e poi andavo nell'ingresso ad accenderne un altro.

Loro mi raggiunsero dopo qualche minuo e Connor si attirò Rebecca tra le braccia baciandola. Appassionatamente. Profondamente. Pienamente. Quando sollevò la testa, lei aveva le guance arrossate e non per via del freddo, gli occhi annebbiati e la bocca umida e rossa. Io mi alzai da dov'ero accucciato di fronte al fuoco e mi avvicinai a loro. Le presi il mento con un pollice per voltare la sua testa verso di me per un bacio, ma lei si divincolò.

Connor inarcò le sopracciglia di fronte alla sua azione. «Cos'hanno che non va i baci di Dash?»

Lei tirò su col naso e sollevò il mento. «Nulla.»

«Allora perchè non lo stai baciando?»

Lei distolse lo sguardo da Connor e lo abbassò sul fuoco. «Ho mal di testa,» disse infine.

Io e Connor ci scambiammo uno sguardo ed io non potei fare a meno di roteare gli occhi. «È questo che ti hanno insegnato a scuola – a dire che hai mal di testa per tenere lontano tuo marito?»

Lei ci guardò da sotto le ciglia e seppi di aver avuto ragione.

«Ti sono venute?» le chiese Connor e lei arrossì violentemente. «Controlliamo, okay?»

La prese per un polso e le fece fare il giro del divano portandocela dietro, poi, con una mano sulla sua schiena, la costrinse a piegarsi a novanta. «Connor, cosa stai-»

«Zitta, ragazza,» disse lui, la voce schioccante come una frusta. Dal caminetto giungeva il rumore del fuoco che scoppiettava, ma a parte quello si riusciva a sentire solamente il vento forte.

Lui le sollevò la gonna senza alcun tipo di gentilezza, gettandole il tessuto sulla schiena. Subito lei si rialzò.

«No, ragazza. Chinati.»

«Connor!» esclamò lei, cercando di divincolarsi dalla sua presa.

Lo sguardo di Connor incrociò il mio. «Dammi la tua cintura.»

Rebecca si immobilizzò all'istante ed io guardai il suo volto impallidire di colpo. «Una cintura? No! Non potete picchiarmi. Vi prego, non ho fatto nulla di sbagliato. Non fatemi del male!»

Io mi ero già tolto la cintura di cuoio dai pantaloni e la porsi a Connor, quando lei ebbe terminato le sue parole impanicate.

La mano di Connor si posò sulla sua schiena e le accarezzò la spina dorsale. «Non ti picchieremo.»

Lei si immobilizzò a quelle parole.

Lui ne approfittò per afferrarle una mano, poi l'altra e

tirarle le braccia dietro la schiena. Con cautela, le avvolse la cintura attorno ai polsi, bloccandola.

«Ecco fatto. Dov'eravamo? Ah, sì.» Connor le sollevò nuovamente l'abito sulla schiena e le fece allargare le gambe così che la sua figa fosse ben aperta e visibile. «Hai mentito, ragazza. Non stai sanguinando.»

La sentii borbottare qualcosa contro il cuscino del divano.

«Devo chiedermi, dunque, se hai veramente mal di testa o se stai mentendo anche su quello.»

Lei borbottò qualcos'altro.

Connor le diede una sculacciata sulle natiche, non troppo forte, ma le comparve presto l'impronta rosa acceso della sua mano sulla pelle.

«Mi hai sculacciata!» esclamò, sollevando la testa, i capelli che scendevano dalle pinzette.

«Sì, e se non risponderai alle nostre domande, lo farò di nuovo.»

Lei si voltò a guardarci da sopra la spalla, gli occhi praticamente traboccanti di rabbia e furia. «Non ho mal di testa.»

Io le feci scorrere una mano sul punto arrossato del sedere e lei si ritrasse.

«Tocca a me,» mormorai a Connor e lui indietreggiò affinchè prendessi il suo posto direttamente dietro di lei.

Le feci scorrere un dito nella fessura tra le natiche e lei rabbrividì.

«Di cosa avete parlato mentre noi spostavamo il bestiame?» le chiesi, proseguendo col movimento innocuo del mio dito. Non era abbastanza per farla venire, ma decisamente abbastanza per farla eccitare. La sua umidità mi colò sul dito per cui non mi preoccupai del fatto che Connor ci fosse andato troppo pesante con lei. In effetti, sembrava piacerle, ma quello non era il momento di giocare a quel modo.

«Bambini,» rispose.

La mia mano si fermò appena sopra il suo clitoride. «Hai paura del parto, dolcezza? È questo? So che hai detto che tua madre è morta così.»

Lei scosse la testa, altre pinzette che ricadevano sui cuscini del divano sotto di lei. «Mia madre è caduta dalle scale, il che ha dato il via troppo presto alle contrazioni.»

Non so come avesse fatto Rebecca a sopravvivere dopo essere nata prima del previsto, ma ero felice che l'avesse fatto.

Il mio dito riprese a muoversi. «Di cos'altro avete discusso?»

«Uomini,» rispose lei, la voce tesa quanto il suo corpo. Si stava tenendo ferma, impossibilmente tesa, opponendosi a me con la forza di volontà invece che coi muscoli.

«Qualche uomo in particolare?» domandò Connor, accucciandosi accanto alla sua testa.

«Perché mi state facendo questo?»

«Per farti parlare, ragazza. È nostro compito alleviare i tuoi problemi.»

Lei scosse la testa. «E se fossi *io* un problema per voi?»

«In che modo, dolcezza?» Il mio dito le scivolò dentro, trovò quel punto spugnoso dentro di lei che le faceva inarcare la schiena e prese ad accarezzarlo, lentamente e deliberatamente. «Come può l'averti qui sotto di me in questo modo, a guardarti arrenderti al piacere, essere un problema?»

Lei non rispose, per cui cercai di farla parlare. «Prendimi la sacca,» dissi a Connor. Lui andò in cucina mentre io continuavo a usare le mie dita su di lei. Non poteva venire, dal momento che non stavo applicando abbastanza pressione sul suo clitoride, né stavo muovendo il mio dito al ritmo giusto per spingerla oltre il limite. Non feci che farla dimenare sul divano, i suoi fianchi che si agitavano e si muovevano cercando di far sì che la penetrassi di più.

Connor tornò, estrasse un vasetto di lubrificante e ne svitò il tappo di metallo. Io mi ricoprii un dito e glielo feci scorrere delicatamente sull'ano. Lei impennò i fianchi a quel tocco, ma con le mani legate dietro la schiena, non riusciva a muoversi.

Lentamente, molto lentamente, io le accarezzai l'ano col pollice, assicurandomi che l'unguento la bagnasse per bene. Quando spinsi verso l'interno, le sfregai il clitoride con un dito e lei gemette. Lo stretto anello di muscoli si contrasse ed io cominciai lentamente a scoparmela – nella figa e nel culo con le mie dita – mentre le ponevo altre domande.

«Perché questo dovrebbe essere un problema per me, dolcezza?» le chiesi di nuovo.

«Non ti ho dato scelta!» esclamò lei. I suoi muscoli si contrassero attorno alle mie dita segnalandomi che era vicina all'orgasmo.

«In che modo, ragazza?» le chiese Connor, scostandole i capelli dal volto sudato.

«Oddio, ti prego,» implorò lei.

«Cosa?» domandai.

«Ne ho bisogno. Ti prego, ne ho disperatamente bisogno.»

Il sentirla implorare mi fece quasi venire dentro ai pantaloni.

«Hai bisogno di venire?» Continuai ad accarezzarla, trattenendomi a un pelo dal farla venire.

«Sì!» gridò lei.

Avrei dovuto sfruttare quella condizione disperata contro di lei, costringendola a dirci ciò che volevamo sapere, ma mi aveva implorato ed io non potevo negarle il piacere sfruttandolo come una tattica interrogatoria. Volevo che me lo dicesse di sua spontanea volontà, non perché avesse perso la testa. Per cui mossi le mie dita più velocemente, pizzicandole il clitoride, mentre Connor le sussurrava parole molto carnali all'orecchio. Lei venne nel giro di pochi secondi, stringendosi ancora e ancora attorno alle mie dita mentre un grido le si mozzava in gola. Non rallentai fino a quando non le ebbi estratto ogni singola goccia di piacere dal corpo. Solo allora estrassi le mie dita e le sciolsi la cintura dai polsi.

13

Gli uomini avevano tutte le intenzioni di costringermi a condividere che cosa mi stesse dando pensiero, ma alla fine, quando ero stata così fuori di testa dal desiderio di venire, Dash aveva ceduto. Invece di sfruttare il mio corpo contro di me, mi aveva spinta oltre il limite fino all'estasi. Era stato dolce quando mi aveva sollevata tra le braccia e portata al piano di sopra, spogliata con le più delicate delle movenze e infilata nel letto. Dopo essersi tolto a sua volta i vestiti, salì alle mie spalle e mi attirò con la mia schiena contro il suo petto così da accoccolarci assieme.

Connor ci raggiunse poco dopo, infilandosi nel letto accanto a me dall'altro lato. Le loro mani mi accarezzarono la pelle, non in maniera carnale, ma come se non fossero stati in grado di togliermele di dosso. Cos'aveva di tanto speciale il mio corpo? Non riuscivo a comprendere la loro trepidazione, il loro avido interesse nei miei confronti. Io!

«Perché?» chiesi. La lanterna sul tavolo gettava un debole bagliore giallastro sulla stanza e con il vento che soffiava di fuori, mi sentivo come se ci fossimo trovati in un accogliente rifugio caldo – al sicuro e protetti da qualunque cosa si trovasse al di fuori delle pareti della camera da letto.

«Perché cosa?» chiese Dash.

Era il momento di arrendermi e fare domande. Mi avevano dimostrato che per quanto avessero desiderato che condividessi i miei sentimenti, erano in grado di usare la pazienza invece della forza per raggiungere tale obiettivo. Restare obbediente e in silenzio funzionava solamente se il marito *voleva* davvero una moglie del genere. Sembrava che né Connor né Dash fossero interessati in quello e che invece, per renderli felici, *dovessi* condividere i miei sentimenti. Andava completamente contro a tutto ciò che mi era stato insegnato ad aspettarmi, ma avrei dovuto provarci. Sospirai, poi dissi, «Non dovevi accettare il matrimonio. Avresti potuto avere qualunque donna tu avessi voluto e ora non puoi.»

La mano di Dash si fermò sul mio fianco. «Se non te, Rebecca, quale donna dovrei desiderare?»

Io feci spallucce, mi morsi un labbro, poi risposi. «Allison Travers.»

Mi ritrovai voltata sulla schiena così che entrambi gli uomini incombessero su di me. I loro sguardi erano assottigliati e concentrati solamente su di me.

«Perché dovrei volere la signorina Travers?» mi chiese Dash. «Ci siamo a malapena presentati.»

Io distolsi lo sguardo, dal momento che entrambi i loro erano un tantino troppo per me. «Ti trova piuttosto attraente. Credo che si sia innamorata di te.»

«Te l'ha detto quando hai alloggiato alla pensione? Non sapevo che fosse tanto sfacciata,» commentò Connor.

Scossi la testa. «Oggi. Ha portato il mio baule al ranch e ci ha fatto visita. Ha parlato di te con trasporto e interesse.»

«Sei gelosa, dolcezza?» Dash mi scostò i capelli dalla fronte.

Era gelosia quella che provavo? Mi dava fastidio che Allison fosse interessata a Dash? Un po', sì. Era molto carina e sarebbe riuscita ad attrarre facilmente lo sguardo di un uomo. «Forse, ma mi chiedo più che altro se il matrimonio su delega di mio fratello non ti abbia privato delle tue scelte.»

Dash mi afferrò il mento così che fossi costretta a sostenere il suo sguardo. Nella luce fioca, i suoi occhi azzurri sembravano molto scuri e aveva delle ombre marcate a segnargli il volto. «Ho avuto delle scelte prima che arrivassi tu, dolcezza. Se avessi voluto la signorina Travers, se lei fosse stata interessata a me anche solo la metà di quanto lo sia stata tu la prima volta che ti ho vista – tutta rigida e pungente come un cactus sul tuo cavallo – avrei fatto qualcosa al riguardo. Ma tu ti stai dimenticando che non sono solamente io che devo essere interessato alla signorina Travers per potermela sposare.»

«Anch'io devo desiderarla,» aggiunse Connor.

«Per quanto sia attraente e piuttosto carina, non fa per noi.»

Connor scosse la testa.

«Ho capito che tu eri mia – nostra – all'istante.»

Mi si aprì un piccolo varco nel cuore, un punto che non avevo mai saputo esistesse.

«Io non... non sono mai appartenuta a nessuno prima d'ora. Nessuno che mi volesse,» ammisi. Mio padre era stato disinteressato fin dall'inizio, desiderando ardentemente un figlio maschio. Cecil era già adulto quando ero nata e non viveva a casa. Io ero stata troppo giovane per essere un problema o un interesse per lui. Si era fatto mio protettore solamente quando aveva sentito del mio matrimonio imminente, e forse era stato più per mettere i bastoni tra le ruote al suo patrigno che non per salvare me.

L'espressione sul volto di entrambi gli uomini si addolcì e Connor mi accarezzò la guancia con le nocche.

«Noi vogliamo te, ragazza. Non pensarla diversamente.»

«E non pensare alla signorina Travers come ad una minaccia,» aggiunse Dash.

«Già,» concordò Connor. «E poi, credo che Quinn abbia rivendicato quella ragazza, per quanto dubito che lei lo sappia.»

Ripensai al modo in cui quell'uomo aveva guardato Allison quel giorno, come se si fosse preoccupato della sua sicurezza accompagnandola di persona in città.

«Potremmo dire lo stesso di te, che tuo fratello ti ha privata delle tue scelte. Magari c'era un altro uomo che aveva attirato la tua attenzione a Londra?» domandò Connor.

Io aprii la bocca, poi la richiusi, rendendomi conto che dalla loro prospettiva, anche loro potevano preoccuparsi che fossi stata costretta a quel matrimonio senza aver avuto scelta. «Non ci avevo pensato,» ammisi.

«Possiamo anche essere grandi e grossi, ma sai metterci in ginocchio.»

Potevo ferirli? Sembrava impossibile, ma loro mi avevano dato tutto, ogni briciolo della loro attenzione, della loro concentrazione, del loro tempo. Se io fossi stata interessata ad un altro, avrei potuto ferirli facilmente.

Potei solamente annuire.

«Ora, sei nostra, ragazza?» mi chiese Connor.

Guardai entrambi i loro bellissimi volti. «Sì,» mormorai.

Connor sogghignò mentre Dash scendeva dal letto. «Bene, allora è arrivato il momento di continuare a preparare il tuo culo ad essere rivendicato. Mettiti a quattro zampe.»

CONNOR

Avevamo detto che l'avremmo forzata, che le sarebbe piaciuto – che ne avrebbe avuto bisogno, addirittura – di farlo un po' più violento, ma dopo aver ammesso certe verità, le mie emozioni erano un tantino suscettibili. Se io mi sentivo come se fossi stato aperto in due e messo a nudo, allora di certo Rebecca e Dash si sentivano allo stesso modo, se non ancora più esposti. Ci voleva gentilezza, adesso. Rebecca si mise in ginocchio volutamente e senza protestare. Forse fu la sua fiducia in noi, la sua abilità di credere al fatto che ciò che stavamo facendo al suo corpo era per il piacere di tutti noi. Le feci scorrere una mano lungo la spina dorsale, poi la baciai lungo lo stesso percorso. Dash le aveva canticchiato parole di elogio.

Bellissima, dolcezza. Ti daremo così tanto piacere. Questa passera, Dio, è perfetta. È nostra. Questo culo, ti prenderemo qui, ti rivendicheremo insieme. Brava ragazza a prenderti quel plug. Sì, spingiti indietro su di lui.

Si era risvegliata tra le nostre mani, *per via* delle nostre mani. Si era presa il plug nel culo in una maniera stupenda. Aveva la figa che gocciolava ed era così vicina al venire – ne riconoscevo i segni, ormai – che il cazzo di Dash le scivolò dentro senza problemi. Rebecca ebbe un orgasmo immediato ed intenso, la schiena che si inarcava per prenderlo più a fondo, il che spinse a sua volta lui all'orgasmo.

Io mi sdraiai sulla schiena e Dash la aiutò a salirmi a cavalcioni in vita. Nonostante avesse il plug nell'ano e fosse incredibilmente stretta, le scivolai dentro alla perfezione fino a quando la punta del mio uccello non si scontrò col suo utero. Ormai lei sapeva cosa fare in quella posizione, come muoversi e sfruttare il mio cazzo per i suoi desideri. Io rimasi lì sdraiato, rapito, mentre guardavo i suoi seni oscillare seguendo il movimento dei suoi fianchi. La afferrai per le cosce mentre i suoi muscoli si contraevano attorno a me. E quando lei sfregò il clitoride sul mio basso ventre e si portò all'orgasmo, strinsi le lenzuola tra le dita e gettai indietro la testa, i miei testicoli che si svuotavano mentre il mio seme si riversava caldo dentro di lei. C'erano grandi possibilità che le avessimo messo un bambino in grembo e l'idea di soddisfaceva immensamente.

Quando si addormentò sdraiata su di me, la pelle umida del suo corpo premuta contro il mio, come se non avesse avuto alcuna preoccupazione al mondo, seppi che qualcosa dentro Rebecca era cambiato, forse perfino nella maniera più impercettibile, che adesso lei era più nostra che mai.

«Mi fa piacere che tu sia venuta a tenermi compagnia,» disse Laurel a Rebecca mentre apriva la porta d'ingresso e la attirava in un abbraccio reso leggermente goffo dalle dimensioni del suo ventre. Rebecca se ne restò lì, rigida e sorpresa da quella spontanea dimostrazione d'affetto. Laurel fece un passo indietro e Brody le arrivò alle spalle posandole una mano sulla schiena. «Sarei venuta io a casa vostra, ma sembra che non mi sia permesso uscire con questo tempo.» Roteò gli occhi e fu un bene che Brody non potesse vederla.

«Abbiamo il lusso di restarcene in casa al caldo mentre gli uomini escono al freddo a cercare mucche sperdute,» le disse Rebecca. «Penso che siamo noi a guadagnarci.»

Che Dio benedicesse la sua diplomazia, dal momento che mentre Laurel sarebbe voluta uscire a recuperare il bestiame da sola, Brody e Mason avrebbero voluto legarla al letto per assicurarsi che non accadesse nulla a lei o al bambino mentre non c'erano. Rebecca ci sapeva fare nel tranquillizzare quella donna che agognava la libertà. Quando Brody le mimò un "grazie" con le labbra da sopra la sua spalla, io seppi che portare lì Rebecca era stata una scelta saggia.

Mason giunse sulla porta, infilandosi la giacca. «Sei sicura di sentirti bene? Niente dolori?»

Laurel scosse la testa e cacciò gli uomini fuori dalla porta gesticolando con le mani.

«Allora Rebecca ti farà fare un sonnellino prima di pranzo, poi piedi sollevati per il resto della giornata,» ordinò lui.

Laurel annuì ed era chiaro che non avesse alcuna intenzione di obbedire effettivamente al marito.

«Andiamo?» domandai io, dal momento che, avanti di quel passo, sarebbe arrivato mezzogiorno prima che fossimo riusciti a portarci via Mason e Brody.

«Quinn oggi è nelle stalle ad occuparsi di un cavallo zoppo. Anche Porter e altri due si trovano nei paraggi,» aggiunse Dash. «Salutate, gentiluomini.»

Baciai Rebecca in testa, poi le picchiettai la tasca nella quale le avevo infilato il plug della taglia più grande. Avevamo voluto riempirle l'ano come prima cosa, ma lasciarglielo dentro quando doveva far visita a qualcuno sarebbe stato troppo, per cui gliel'avevamo fatto infilare nella tasca dell'abito. Volevamo che sentisse il legno duro e se ne ricordasse, che pensasse a cosa serviva e che glielo avremmo infilato dentro una volta tornati.

Uscii al freddo, sollevandomi il colletto della giacca, con Dash che mi seguiva a ruota. Ce ne restammo lì in piedi, mentre sentivamo Mason e Brody porgere i loro saluti. «Ancora un mese?» mormorai a Dash. «Di sicuro si ammazzeranno a vicenda prima che nasca il bambino.»

Dash ridacchiò mentre slegavamo i cavalli.

14

EBECCA

«Cosa facciamo?» domandai, insicura di cosa si facesse con una donna incinta. Giocare a carte? Ricamare?

La seguii in cucina, dove lei prese un muffin da un cesto sul tavolo prima di sedersi cautamente su una sedia. Mi offrì il cesto ed io glielo presi.

«Mangia,» replicò, rompendo un pezzo di muffin e infilandoselo in bocca in una maniera decisamente poco elegante. «Ho sempre fame ultimamente.» Masticò, poi chiese a bocca piena, «Riesci solo a fare la schizzinosa, vero?»

Posai il mio muffin sul tavolo, presi un tovagliolo da una pila al centro e mi pulii le dita. «Cosa intendi?»

«Io sono quella che è vissuta in collegio come te, ricordi? Sono quella per cui il padre non ha mai avuto interesse fino a quando non gli ha fatto comodo. Avevo l'uomo anziano che non vedeva l'ora di sposarmi solo perchè ero giovane e avrei fatto tutte le cose perverse che desiderava.»

Avevamo in effetti diverse cose in comune, nonostante fossimo cresciute in continenti diversi. «Dubito che l'uomo che dovevo sposare io avrebbe voluto fare qualsiasi cosa indecorosa,» controbattei, ripensando al conte. «Lui voleva un erede.»

Lei mi guardò come se avessi avuto due teste. «Come avrebbe ottenuto quell'erede se tu *fossi stata* decorosa?»

«Sotto le coperte al buio.» Mi accigliai al pensiero del conte che mi toccava, ma poi la mia mente passò a Connor e Dash. «Pensi che...? No, lascia stare.»

«Oh no,» disse Laurel attorno a un boccone di muffin. «Sputa il rospo.»

La guardai attraverso le ciglia mentre pacioccavo il mio muffin. «Pensi che io sia indecorosa?»

«Tu pensi che io lo sia?» controbatté lei.

Misi in bocca un pezzo di muffin per concedermi del tempo.

«Tu hai due uomini che... ti fanno cose,» dissi infine.

Invece di imbarazzarsi, lei assunse un'espressione sognante. «Oh, sì.»

«Non ti dà fastidio?»

Si accigliò. «Inizialmente sì, ma ora non più.»

«Quello che fanno Connor e Dash con me è... normale?»

«Che cos'è normale?» controbatté lei. «Io mettevo in dubbio tutto ciò che facevano Mason e Brody. *Tutto*. Adesso mi piace quando mi trascinano via e mi prendono uno dopo l'altro.» Si interruppe. «Credi che io sia indecorosa?»

«Non per come ti vesti,» ammisi. Non la conoscevo abbastanza bene da poterle fornire una risposta più ampia.

«Nemmeno io penso che tu sia indecorosa, specialmente per come ti vesti, ma nemmeno nel tuo atteggiamento. Sono certa che Connor e Dash ti abbiano fatto cose che farebbero arrossire la tua direttrice.»

Io dovetti ridere a quel commento. «Oh sì,» esalai. Sentivo il pesante rigonfiamento del plug che Connor mi aveva messo in tasca e mi infilai con discrezione la mano dentro stringendo l'oggetto liscio nel palmo. Solo tenerlo mi faceva accaldare e sciogliere tra le gambe. Mi si contrasse l'ano. Alla signora Whiters sarebbe preso un colpo solo al conoscere i miei pensieri. I plug e l'essere rivendicata *lì* di certo non facevano parte del suo curriculum. «Scandalizzata.»

«Scandalizzata,» ripeté Laurel. «Eppure, i tuoi uomini vogliono quelle cose con te. *Con* te.»

Sì, c'era una differenza tra il fare cose scandalose *con* me invece che *a* me. Sollevai il mento, questa volta con determinazione. «Non voglio fare la schizzinosa e la persona riservata con loro tutto il tempo. Che cosa dovrei fare?»

Lei agitò una mano nell'aria. «È semplice. Baciali.»

Inarcai le sopracciglia. «Baciarli? Tutto lì?»

Lei annuì. «Fidati. Non hai mai avuto un'amica con cui confidarti, vero?»

Mi morsi un labbro e ripensai alla scuola. «Avevo delle amiche, naturalmente, ma non c'era davvero nulla da condividere, dal momento che soffrivamo tutte lo stesso destino.» Ripiegai ordinatamente il mio tovagliolo, poi mi resi conto di cosa avessi fatto e lo gettai dall'altra parte del tavolo. «Non mi sono resa conto di quanto fossi infelice fino a quando non me ne sono andata.»

Laurel si accigliò, poi mi rivolse un sorriso rassicurante. «Hai delle amiche, adesso, quattro, in effetti.»

Incrociò le mani, piegò leggermente la testa di lato e sollevò il mento ed io mi resi conto che stava imitando... me.

«Io non sono così, vero?» La indicai.

«A parte la pancia enorme? Assolutamente sì.»

Sospirai. «Oddio. Posso solo immaginare cosa pensino Dash e Connor di me. Di certo non vogliono una donna che sia sempre così tesa.»

Laurel scosse la testa. «Sciocchezze. Ti prometto che anch'io ero piuttosto rigida e tesa quando sono arrivata qui.» Sorrise maliziosa. «Sono certa che Dash e Connor abbiano stabilito che lo scioglierti sarebbe diventato il loro principale obiettivo.»

Arrossii a quelle parole, dal momento che ogni volta che mi facevano venire, non ero minimamente tesa. «Sì, credo che tu abbia ragione. Dash non ha avuto scelta quando mi ha sposata. Mio fratello mi ha passata da un matrimonio combinato ad un altro.»

«Cos'è che ti infastidisce – il fatto che Dash sia stato costretto a sposarti o il fatto che tu sia stata costretta a sposare lui?»

«Hai sentito Allison ieri. Ha messo gli occhi su Dash,» dissi, la voce un po' scoraggiata. «Per quanto lui mi abbia detto il contrario, mi chiedo se potrebbe esserci un'altra donna a colpirlo e a quel punto lui possa desiderare di non essere stato incatenato a me.»

«Sono certo che gli piacerebbe essere incatenato a te,» rispose lei senza vergogna. Si accigliò leggermente, poi si passò una mano sul ventre. «Non preoccuparti di Allison. Quinn la reindirizzerà dritta tra le proprie braccia.»

Abbassai lo sguardo sulle briciole sul tavolo e mi resi conto di essermi mangiata tutto il muffin. «Un uomo vorrebbe farsi legare ad una donna, tipo con delle corde?» Pensai a come mi avessero legato le mani dietro la schiena, immobilizzandomi. Ero stata impotente contro qualunque cosa Dash avesse voluto farmi. Connor mi aveva sculacciata una volta, ma era stato Dash a spingermi fino a raggiungere davvero il mio piacere.

Laure annuì sognante, poi si accigliò di nuovo, questa volta spostandosi sulla sedia.

«Stai bene?»

«Mi fa male la schiena, ma non è niente. È così da ieri sera. Potremmo parlarne per tutto il giorno, più e più volte, per cui te lo chiederò, ti piace stare tra le loro braccia?»

Annuii.

«Ti piace come ti toccano?»

Annuii di nuovo.

«Ti danno piacere anche – e soprattutto – quando metti in dubbio le loro azioni?»

«Mi piace.»

«Allora non attenderli. Seducili.»

Io risi. «Non so nemmeno come parlare dei miei sentimenti, figuriamoci esprimerli.»

«Come ho detto, tutto ciò che devi fare è andare da Dash e baciarlo. O Connor. Comincia con quello.»

«Davvero? È così semplice?»

Laurel si scostò dal tavolo per alzarsi. «Davvero,» replicò con un gemito. «Credo di dovermi sdraiare perchè- *oh,* penso di essermela fatta addosso.» Dell'acqua cominciò a gocciolare per poi formare una pozza sul pavimento ai suoi piedi. «Il bambino!» esclamò, poi si guardò attorno. «È ora. È successo anche ad Emma. Cosa faccio?»

Il bambino stava arrivando? Io non ne sapevo nulla di far nascere i bambini; avevo a malapena appena imparato come farne uno! Mi alzai di scatto e feci un giro su me stessa come se la risposta si fosse trovata da qualche parte nella stanza, poi mi fermai, trassi un respiro profondo e guardai l'espressione impanicata di Laurel. Aveva bisogno che io restassi calma e prendessi in mano la situazione, anche se solo per finta.

Sollevai il mento nell'esatta maniera in cui Laurel mi aveva imitata appena pochi minuti prima e andai a prenderla per mano. «Ai bambini serve del tempo per nascere, o così ho sentito dire. Togliamoti questi abiti bagnati e mettiamoti qualcosa di più comodo. Ti aiuto ad andare di sopra.»

Una volta indossata una camicia da notte pulita e sistemata a letto, fu più tranquilla. Io non ero minimamente calma, ma tutti gli anni in cui avevo imparato a nascondere le mie emozioni mi stavano tornando utili in quel momento. Non sapevo come far nascere un bambino, ma *potevo* aiutare Laurel a mantenere la calma. *Io* dovevo mantenere la calma.

Con la testa appoggiata alla testiera del letto, Laurel respirava lentamente con la bocca, gli occhi chiusi all'inizio di un altro giro di contrazioni.

«Vado a chiedere aiuto,» le dissi, voltandomi verso la porta.

Laurel spalancò gli occhi e allungò un braccio per afferrarmi saldamente la mano. «Non lasciarmi!» esclamò, di nuovo con espressione spaventata.

Le diedi una pacca sul braccio e scossi la testa. «No. Non me e vado, scendo solamente al piano di sotto a dare due colpi di fucile. Non è così che si chiede aiuto?»

Lei annuì mentre il suo volto si contorceva per il dolore. Cercai di non fare una smorfia quando la sua presa si strinse dolorosamente sulla mia mano.

«Torno subito,» promisi, liberandomi con uno strattone e correndo giù per le scale. Mi ricordai di un fucile su dei supporti sopra la porta della cucina in casa nostra e, quando entrai in cucina, fui sollevata nel vederne uno nello stesso posto anche lì. Era troppo in alto perchè potessi raggiungerlo, per cui vi trascinai una sedia sotto, vi salii e tirai giù l'arma pesante.

Non avevo idea di come sparare. Avevo visto usare una pistola in passato e sapevo del grilletto e dovevo presumere che il fucile fosse già carico e pronto all'uso. Spingendo via la sedia, aprii la porta e uscii sulla veranda sul retro, l'aria fredda che mi faceva rabbrividire.

Afferrai l'arma, misi il dito sul grilletto e tirai. Il rumore dello sparo fu assordante e il calcio del fucile mi colpì nella spalla, facendomi indietreggiare di alcuni passi. Il dolore fu intenso ed urlai. Ripensare a Laurel al piano di sopra e alla possibilità che avrei dovuto aiutarla a partorire io stessa mi spronò a sollevare di nuovo l'arma, questa volta posandomela direttamente sulla spalla. Chiusi gli occhi e sparai.

15

EBECCA

Il rinculo non fu esagerato, ma il dolore sulla spalla già livida mi fece sibilare. Mi fischiavano le orecchie. Sfortunatamente, quando avevo chiuso gli occhi, avevo spostato il fucile e avevo fatto saltare via un pezzo della ringhiera del porticato con lo sparo.

«Diamine,» borbottai, ricordandomi di quanto mio fratello aveva imprecato quando si era sentito male sulla nave attraverso l'Atlantico.

Due spari. La gente sarebbe dovuta accorrere con due spari. Quando sentii Laurel urlare di dolore, seppi che avrei dovuto sparare una terza volta per segnalare un'emergenza. *Quella* era un'emergenza. Partorire un figlio con me come unica aiutante era una maledetta emergenza. Sollevai rapidamente l'arma, andai sul bordo della veranda, mirai al cielo e sparai. Nulla. L'arma era scarica.

«Diamine,» borbottai di nuovo. Posai il fucile in veranda

e corsi in cucina, cercando altri proiettili accanto alla porta. Ne trovai subito alcuni in un barattolo.

Di nuovo in veranda, dovetti capire come ricaricare l'arma. Vi stavo armeggiando quando Laurel mi chiamò urlando, «Rebecca!»

Il grido gutturale che ne seguì mi fece lasciar cadere a terra i proiettili e abbandonare il fucile, correndo nuovamente in casa e su per le scale.

Laurel aveva le ginocchia piegate con le mani posate su di esse. Il suo volto era madido di sudore e aveva le guance arrossate. «Credo che il bambino stia arrivando,» gemette, poi emise un lungo verso dolorante mentre una fitta la colpiva.

«Adesso? Sono passati solo dieci minuti da quando hai iniziato ad avere le contrazioni,» controbattei.

«Non penso che a questo bambino importi!»

Corsi al letto, mi ci sedetti su un bordo e le sollevai l'orlo della lunga camicia da notte. Non si vedeva alcuna testa tra le sue gambe, ma non mettevo in dubbio le sue sensazioni.

«Devo spingere.»

A quel punto ansimava forte, per poi gridare, per poi gemere di dolore.

«Laurel, guardami.» Lei non lo fece, persa nelle azioni del proprio corpo. «Laurel!»

Il mio grido le fece posare gli occhi su di me. «Continua a guardarmi. Ecco. Ora respira. Piano, bene. Prensa ai tuoi uomini e a quanto sono impazienti di vedere questo bambino.»

«Sono stati loro a farmi questo,» sibilò lei. «Non voglio vederli mai più.» Venne colta da una contrazione e poi mi guardò con espressione di supplica. «Se lo perderanno!» pianse, le lacrime che le scendevano lungo le guance.

Non avevo mai visto qualcuno travolto da così tante emozioni tutte insieme. Dovevo farle mantenere la calma, ma era chiaro che fossi pessima al riguardo. Come facevo a impedirle di andare nel panico mentre dentro di me *io stessa* stavo impazzendo?

«Dove *diavolo* sono tutti?» borbottai, prendendole una mano e stringendola.

Quell'esclamazione la distrasse. «Hai appena imprecato?»

Spalancai gli occhi e annuii. Lei sorrise mentre faceva una smorfia di dolore.

«Continuerò a imprecare se tu provi a respirare tra una contrazione e l'altra.»

Tutto il suo corpo si tese. «Oddio, ecco che ne arriva un'altra! Ah!» urlò.

Guardai tra le sue gambe e questa volta vidi emergere un ciuffo di capelli scuri. «Sta arrivando la testa del bambino. Vuoi spingere?»

Lei annuì freneticamente mentre tratteneva il respiro e spingeva.

Con gli occhi spalancati, io guardai altri capelli comparire.

«Sta arrivando la testa. Vedo scuro, dei capelli scuri, Laurel.»

«Laurel!» gridò la voce di un uomo al piano terra.

C'era qualcuno! «Chiamate Mason e Brody. Sbrigatevi!» urlai.

Dei passi pesanti si fecero sempre più vicini mentre Laurel emetteva un verso ferale dal fondo della gola e spingeva di nuovo.

Per fortuna, furono Mason e Brody a fare irruzione dalla porta della camera da letto e a starsene lì in piedi sconvolti mentre la loro moglie era in travaglio. Non sembrava che il loro bambino volesse attendere oltre ed io fui sollevata dal fatto che fossero arrivati loro invece di Quinn o qualcun altro.

«Per la miseria, donna,» borbottò Mason, restandosene scioccato in mezzo alla stanza. «Vedo una testa.»

Mi alzai e mi tolsi di mezzo, grata che qualcuno – chiunque – fosse lì con noi. Per fortuna, Laurel aveva i suoi due mariti assieme a lei in quel momento perfetto.

«Che cosa facciamo?» mi chiese Brody.

Quell'uomo, solitamente con la testa sulle spalle, era disorientato. «Fatele mantenere la calma, sorreggetela mentre spinge. Prendete il bambino.» Sperai che fosse ciò che dovevano fare, per quanto Laurel e il bambino se la stessero cavando benissimo senza l'aiuto di nessuno di noi. «Andate da lei.»

Brody annuì una volta e corse al fianco di Laurel così da potersi sedere e sorreggerla in avanti mentre lei si afferrava le ginocchia.

Mi appoggiai al muro e guardai Mason tenere la testa del neonato mentre usciva, per poi spronare Laurel a spingere ancora con parole di incoraggiamento. Prese il bambino mentre usciva rapidamente una volta passate le spalle.

«È una bambina,» disse, sollevando lo sguardo su sua moglie con occhi meravigliati.

Io ero rapita dalla gioia che stavano condividendo. La bambina pianse e cominciarono tutti a ridere. Brody prese una camicia pulita appesa a un gancio sulla parete e la diede a Mason, che vi avvolse la piccola neonata. La porse a Laurel mentre Brody le sbottonava la parte frontale della camicia da notte.

«Mettitela al seno, amore.»

Laurel, sudata e stanca, ma con un sorriso che le andava da un orecchio all'altro, fece come le aveva detto Brody.

Il piano di sotto si riempì di voci. Emma ed Ann entrarono in stanza, senza fiato e con le guance rosse. Guardarono la bambina, Laurel, gli uomini e poi me. Ann mi mise una mano sul braccio ed io trasalii. Mi sorrise con espressione rassicurante. «Vai al piano di sotto. I tuoi uomini ti stanno aspettando.» Io lanciai un'occhiata a Laurel che stava ascoltando cosa le stesse sussurrando Brody all'orecchio. «Adesso possiamo aiutarla noi.»

Emma era già andata da Laurel, ma io guardai Ann. Mi sentivo come se fossi fuggita dalla città, stanca ed emozionata, esausta e felice. Lanciai un'ultima occhiata alla nuova famiglia e provai un desiderio profondo e quasi doloroso nel petto. *Io* lo volevo. *Io* volevo che Connor e Dash mi guardassero nel modo in cui Mason e Brody stavano guardando Laurel, con totale amore e adorazione mista ad una buona dose di meraviglia. Per quanto fossero uomini grandi e grossi, lei aveva fatto una cosa così incredibile che nessuno di loro sarebbe stato in grado di compiere.

Mi presi del tempo per scendere le scale. Mi trovavo a Bridgewater da soli due giorni, eppure avevo già imparato così tanto. Tutto ciò che mi era stato insegnato riguardo l'essere sposata era stata una completa menzogna. Non una sola volta la signora Whiters o mio padre – o perfino Cecil – avevano mai accennato alla parola amore. Lo vedevo nel modo in cui tutte le altre coppie a Bridgewater si guardavano, si toccavano, perfino come interagivano. Agli uomini importava davvero delle loro mogli, stravedevano per loro. *Avevano bisogno* di loro. In cambio, le donne fiorivano e si facevano coraggiose, sfacciate e sicure di sé.

Dash e Connor mi avevano dimostrato tutto quello nel breve tempo in cui eravamo stati sposati. Mi avevano apprezzata in una maniera che non mi ero aspettata, che non avevo nemmeno ritenuto appropriata. Che cos'*era* appropriato? Era appropriato che i miei mariti si preoccupassero delle mie necessità abbastanza da farmi venire più e più volte? Era appropriato che i miei mariti si preoccupassero della mia sicurezza abbastanza da farmi trascorrere la giornata con gli altri mentre imparavo cose sul ranch e sulla vita nel Montana? Era appropriato che i miei mariti mi dimostrassero la vicinanza, l'intimità che si poteva trovare in un matrimonio? La risposta a tutte quelle domande era sì.

Volevo fare tutte le cose oscure e folli con loro che mi avevano promesso e mi premetti il palmo della mano contro il fianco, sentendo il plug nella tasca. Volevo essere apprezzata e soddisfatta, essere cercata dopo una lunga giornata di lavoro ed essere portata via in spalla e *scopata*. Sì, scopata. Ero stata io a resistere, a mettere in dubbio tutto. Ora non più.

Volevo tutto. Quando entrai dalla porta dentro la cucina dove la maggior parte degli uomini stava chiacchierando e vidi Dash e Connor, seppi subito cosa fare. Quando mi si avvicinarono, con gli sguardi passionali e vivi concentrati solamente su di me, lo feci.

Mi sollevai e feci passare una mano dietro al collo di Dash e lo attirai a me per un bacio.

16

ASH

Rebecca mi stava baciando. *Lei* mi stava baciando. La sua bocca era calda e impaziente ed io percepivo ogni traccia di desiderio represso che aveva trattenuto. Quando la sua lingua mi corse sul labbro inferiore, io aprii la bocca e me la attirai tra le braccia, dal momento che non volevo rinunciare a quella Rebecca sorprendentemente nuova. Aveva un sapore dolce, fresco e invitante, ma per ciò che le mancava in bravura, compensava in entusiasmo. I suoi seni premevano contro il mio petto e mi venne duro all'istante.

Avevamo spronato i nostri cavalli a tornare al ranch non appena avevamo udito gli spari. Ci trovavamo a circa un miglio di distanza, ma era stato facile sentirli. Erano stati sparati solamente due colpi, ma non ne avevamo atteso un terzo. Due bastavano a metterci in ansia, nonostante Quinn fosse rimasto nei paraggi. Lui era andato a casa di Kane e Ian, pensando che gli spari fossero provenuti da lì, mentre Mason e Brody erano tornati direttamente a casa loro.

«Hai un bacio così anche per me?» chiese Connor, la voce un basso ringhio. Chiaramente era sorpreso – e compiaciuto – dell'audacia di nostra moglie.

Rebecca sollevò la testa e si voltò verso di lui annuendo. Mi lanciò un'occhiata, poi mi lasciò andare del tutto solo per saltare su e gettare le braccia al collo di Connor. Lui la afferrò per la vita con una piccola risata, gli occhi spalancati per la sorpresa, ma si chiusero quando lei lo baciò.

Stava facendo l'aggressiva, quella che cercava piacere da parte nostra. Mi piaceva. Mi piaceva molto. In effetti, se non fosse stato per gli altri tre uomini nella stanza assieme a noi, l'avrei gettata sul tavolo della cucina e me la sarei scopata in quel preciso istante.

«Sta bene?» domandò Kane, un sopracciglio inarcato per la sorpresa di fronte alla dimostrazione molto pubblica di entusiasmo da parte di Rebecca.

Dal soffitto provenne il pianto di un neonato ed entrambi sollevammo lo sguardo come se saremmo riusciti a vedervi attraverso. Io non potei fare a meno di sogghignare, dal momento che l'idea di un neonato – una nuova vita a Bridgewater – era elettrizzante. Bramavo il giorno in cui si sarebbe trattato di nostro figlio, un bambino con i capelli scuri e la pelle chiara di Rebecca.

«Io sarei decisamente in crisi se avessi assistito ad un parto da solo,» mi disse Kane. Ci era passato una volta con Emma e lei aveva avuto Ann ad aiutarla. «Non mi dimenticherò mai del giorno in cui è nata Ellie. Per la miseriaccia, è stato terribile.» Si passò una mano sulla faccia. «Mi ricordo ogni gemito, ogni grido di Emma. Ho perfino giurato che non me la sarei più scopata se ciò avesse messo fine alla sua agonia.»

Per qualche motivo dubitavo che avesse tenuto fede a quella promessa negli otto mesi successivi al parto.

«Ma non appena la piccola Ellie è venuta al mondo, Emma si è dimenticata del dolore, si è dimenticata dei mesi in cui si era sentita una vacca sgraziata – parole sue, non mie – e adesso ne vuole un altro. Non so se sarò in grado di ripetere l'esperienza, ma darò a quella donna tutto ciò che desidera.»

Io non potei fare a meno di sorridere apertamente. Quell'uomo – quell'uomo forte, intelligente – si riduceva ad un idiota impacciato quando si trattava della moglie e della figlia. «Immagino che dovrai ricominciare a scoparla affinché succeda.»

Kane sogghignò. «Cominciare? Diamine, abbiamo a malapena smesso.» Lanciò un'occhiata a Rebecca e a Connor. Lui la posò nuovamente a terra e le diede un bacio sulla fronte. «Sembra che anche voi non lo farete.»

«Cos'è successo alla ringhiera della veranda?» domandò Ian, unendosi a noi.

Rebecca appoggiò la testa contro il petto di Connor per un istante, poi si voltò. Aveva le guance rosse ed era perfetta. Aveva i capelli scompigliati e il vestito stropicciato «Le ho sparato.»

Risi. «Dolcezza, dovremo darti lezioni su come si usa un fucile, non è vero?»

«Assolutamente,» concordò lei.

«Più tardi. Il tuo compito qui si è concluso,» disse Connor, sollevando Rebecca e gettandosela in spalla strappandole un gridolino. «Ora, ti portiamo a casa e là potrai finire di fare di noi ciò che preferisci.»

«No, Connor, *adesso*. Ne ho bisogno adesso,» implorò lei.

Lui si immobilizzò e mi guardò, piegò la testa e sogghignò. «Qualunque cosa nostra moglie desideri.»

Se nostra moglie aveva bisogno di farsi scopare in quel

momento, io non glielo avrei negato. Girai i tacchi e percorsi il corridoio fino all'ufficio di Mason e Brody. Connor mi seguì, chiudendosi la porta alle spalle con un calcio prima di rimettere Rebecca a terra.

«Hai bisogno di farti scopare, dolcezza?» le chiesi.

Lei stava ansimando ormai, il respiro che le usciva tra le labbra dischiuse e gonfie per via dei baci. Era tutta arrossata e aveva la vista annebbiata, quasi confusa. Annuì.

«Dillo, ragazza,» le intimò Connor.

Lei si schiarì la gola e sollevò quel mento nella sua solita dimostrazione di sprezzo. Quella volta, però, si trattava di audacia. «Scopatemi.»

«Per la miseria,» mormorai mentre mi avvicinavo, facendola indietreggiare fino a quando non andò a scontrarsi con la parete. Mi sentivo un predatore, quasi selvaggio nel mio bisogno di lei in quell'istante. Il suo sguardo incrociò il mio ed io seppi che lo voleva, che voleva me – noi. «Si tratterà di una sveltina, dolcezza.»

Lei annuì comprensiva e si leccò le labbra.

«Tirami fuori il cazzo.»

Con dita impazienti, lei mi slacciò la cintura, poi la patta dei pantaloni. Il mio uccello si riversò nelle sue mani che lo attendevano, duro come la roccia. Non le offrii un'occasione per giocarci. Invece, abbassai le mani e le sollevai l'orlo dell'abito, me lo agganciai sugli avambracci, la afferrai per la vita e la sollevai, premendola contro il muro così che i nostri sguardi si trovassero alla stessa altezza. Istintivamente, lei mi avvolse le gambe attorno alla vita e – grazie a Dio – non indossava le mutande, così che il mio uccello le scivolò sulle labbra umide e la punta si insinuò nella sua fessura impaziente e bagnata.

Mi spinsi dentro di lei in un'unica spinta forte e deliberata. Lei gettò indietro la testa al modo in cui la riempii e gridò. La sensazione dei suoi muscoli caldi e stretti che mi si contrassero attorno fu paradisiaca. Non volevo muovermi, ma inalai il suo odore, assaporai la sensazione di averla tra le braccia, delle sue gambe attorno a me. Era con me, proprio *con* me in quello. Non potevo restare fermo, però, e mi ritrassi per spingermi di nuovo a fondo. Più e più volte. Abbandonai ogni parvenza di controllo, dal momento che era impossibile averne. I miei testicoli si ritrassero e sentii l'orgasmo avvicinarsi.

I nostri respiri si mescolavano e l'aria si riempiva del rumore – bagnato e selvaggio – della nostra scopata.

«Sto per venire, dolcezza,» dissi, respirando contro la pelle madida di sudore del suo collo. Cambiai angolazione coi fianchi in modo da andare a sfregare contro il suo clitoride ogni volta che la riempivo. «Tu verrai con me. Lasciati andare e ci sarò io a prenderti.»

Afferrandole le natiche, la sollevai e la abbassai su di me, prendendola con forza e senza trattenermi. Il modo in cui ansimava, il modo in cui sibilava il mio nome tra un respiro e l'altro, era proprio lì assieme a me.

Una, due volte mi spinsi a fondo e venni con forza – abbastanza forza da gemere e sbattere la mano contro la parete, la mia mente persa, forte abbastanza da interessarmi solamente della sensazione della sua dolce passera che mi strizzava l'uccello. Schizzai dentro di lei, ancora e ancora fino a quando il mio seme non le colò fuori, strabordante, scivolandole lungo le cosce. Continuando a sfregare il cazzo a fondo dentro di lei, anche lei mi seguì un istante più tardi, urlando di piacere prima di chinarsi in avanti per soffocare i suoi versi contro la mia spalla. La sua figa si contrasse ancora di più attorno a me, attirandomi sempre più a fondo come se avesse voluto tenermi lì.

Io ero esausto, tutte le mie energie completamente svanite e cercai di riprendere fiato. Con cautela, rimisi Rebecca a terra, sorreggendola mentre riacquistava l'equilibrio, il mio uccello che le scivolava fuori solamente una volta che si fu raddrizzata. Connor venne a prendersela, permettendomi di fare un passo indietro e riprendermi. Se una sveltina contro il muro mi faceva sentire così, non sarei durato una settimana. Sarei, tuttavia, morto da uomo felice.

«Hai ancora quel plug in tasca, ragazza?» le chiese Connor.

Rebecca sembrava soddisfatta tanto quanto me, appoggiata pesantemente al muro come se fosse stata l'unica cosa in grado di tenerla in piedi. Annuì e recuperò l'oggetto tra le pieghe dell'abito porgendolo a Connor. Lui la indirizzò verso la scrivania con un cenno del mento. Lei doveva aver capito che cosa avesse in mente, perchè si appoggiò alla superficie piatta senza altre istruzioni.

Connor le sollevò le gonne arrotolandogliele sulla schiena. «Allarga le gambe, ragazza. Lascia che ti guardi per bene.»

Lei fece come le era stato detto, appoggiando una guancia contro il legno freddo. Io andai a mettermi in piedi accanto a Connor, prendendogli il plug. «Dash ti infilerà quel plug dentro il culo mentre tu me lo succhi.»

«Io... non so come si fa,» replicò lei, la voce roca di desiderio. Riuscivo a vedere che la sua eccitazione non era svanita dall'espressione carnale che aveva negli occhi.

«Non preoccuparti, ti insegnerò io,» le dissi.

«Mi darai immenso piacere,» aggiunse Connor mentre faceva il giro della scrivania fino al punto in cui Rebecca ne stava stringendo il bordo, la testa posizionata proprio nel punto perfetto per prenderglielo in bocca.

Mentre Connor si slacciava i pantaloni, io le feci scorrere il plug sulla figa liscia, raccogliendo il mio seme e spostandolo indietro per ricoprirle l'ano. Lo feci lentamente e con pazienza mentre Connor istruiva Rebecca su come succhiare un cazzo. Avrei voluto guardarli mentre glielo prendeva in bocca, mentre la sua lingua gli scorreva sulla vena spessa che scendeva lungo un fianco, quanto le andasse a fondo nella bocca, ma mi concentrai sul suo culo e sul prepararlo a prenderci.

Lo stretto anello di muscoli oppose resistenza all'inserimento del plug, ma io le feci scivolare un dito nella figa e sentii la mia essenza umida. Lei si rilassò all'istante, ammorbidendosi al piacere delle mie azioni, permettendomi di spingere il plug lentamente, con molta cautela, sempre più a fondo dentro di lei. La parte centrale più larga la allargò più di quanto non fosse mai accaduto e lei gemette attorno all'uccello di Connor. Sentii l'oggetto duro premerle dentro attraverso la sottile parete che lo separava dal mio dito.

«Qualunque cosa tu stia facendo, non smettere. Se emette di nuovo un verso del genere, io vengo,» ringhiò Connor.

Non potei fare a meno di sogghignare, immaginandomi la stretta sensazione calda della bocca di Rebecca attorno al mio cazzo.

«Il plug è quasi dentro, dolcezza. Rilassati. Brava ragazza.» Il plug scivolò dentro per l'ultimo pezzo, il suo ano che si richiudeva attorno alla punta affusolata. Adesso che era al suo posto, io avevo finito. Era arrivato il momento di scoparmela con quello, facendo molta attenzione, così che potesse conoscere il piacere che si poteva trovare nei giochi anali, in una scopata, così che quando fosse stata pronta, l'avrebbe desiderato ardentemente.

Mentre Connor le scopava la bocca, io tirai e spinsi il plug, allargandola per poi farla richiudere, più e più volte. Lei chiuse gli occhi e cominciò a gemere. Connor sibilò. «Sto per venire, ragazza. Prendilo tutto. Sì, diamine, *sì*. Mandalo giù.»

Connor la elogiò mentre veniva ed io guardai la sua gola muoversi mentre deglutiva tutto il suo seme.

Una volta finito, lui si tirò fuori, si accucciò di fronte a lei e utilizzò un pollice per ripulirle una macchia di seme dall'angolo della bocca. «Sei pronta, ragazza, a prenderci entrambi?»

Connor sollevò lo sguardo su di me mentre io continuavo a giocare col suo culo.

«È pronta,» dissi. «Le piace.»

«Ah sì?» Connor le scostò i capelli dal viso.

Lei annuì sognante.

«Allora è giunto il momento.»

Sì, era arrivato il momento di rivendicare completamente la nostra sposa.

17

Mi ricordavo a malapena della cavalcata di ritorno a casa. Ero venuta mentre Dash mi scopava – sì, si trattava di una scopata ed era stata incredibile – e poi mi aveva portata al limite quando aveva giocato col plug nel mio ano. L'eccitazione si era solamente intensificata quando avevo portato Connor all'orgasmo con la mia bocca. L'avevo guardato mentre si arrendeva alle sue necessità più basilari, mentre cominciava a muovere i fianchi e scoparmi la bocca. Era stata un'esperienza inebriante, guardarlo soccombere e sapere di aver avuto quel tipo di potere su di lui. Quando mi aveva riversato il suo seme nella bocca, l'avevo mandato giù avidamente, il suo sapore che mi rendeva solamente più impaziente di venire di nuovo.

Non sarebbe successo, dal momento che gli uomini mi trascinarono via e mi misero in braccio a Connor per la cavalcata di ritorno a casa nostra con il plug ancora a riempirmi. Io mi ci contrassi attorno più e più volte, ma la combinazione di sentirmi tanto piena *lì*, eppure vuota dentro la figa, mi faceva bramare i loro cazzi.

Avevo *bisogno* di loro.

Dash mi tirò giù da in braccio a Connor e mi portò direttamente al piano di sopra in camera sua. Mi slacciai i bottoni dell'abito mentre salivamo. «Impaziente?» mi chiese lui.

Non potei fare a meno di sorridere e sentirmi in imbarazzo, ma non abbastanza per fermarmi. «Ho indosso troppi vestiti,» ammisi.

Connor entrò subito dopo che lo ebbi detto.

«Abbiamo creato una seduttrice,» gli disse Dash, slacciandomi il corsetto. «Una seduttrice avida di cazzi che ha bisogno di cosa, dolcezza?»

Avrei dovuto scioccarmi delle sue parole volgari, ma non fu così. «Ho bisogno che i miei mariti mi scopino.»

Entrambi attesero che proseguissi. «Insieme, se pensate che sia pronta.» Mi sollevai la sottoveste sopra la testa, restando con indosso solamente le calze.

Gli uomini si presero un istante per guardarmi, i loro occhi che mi scorrevao sui seni, le cosce, la figa e, in quel momento, mi sentii bellissima.

«Metti le mani sul letto e mostraci il culo, ragazza. Vediamo come ti prendi bene quel plug.»

Io non attesi; in effetti, mi voltai e feci come mi aveva detto Connor con trepidazione. Riuscivo a sentire il plug dentro l'ano – era troppo grande per dimenticarmene. Era piuttosto grande, mi riempiva più a fondo ed era anche più largo. Gli uccelli dei miei mariti erano grandi, molto grandi, sapevo che per essere in grado di accoglierne uno avrei dovuto allargarmi sempre di più, ma quello bastava? Ero in grado di gestire un cazzo?

Uno dei due si mise alle mie spalle, la sua mano che mi accarezzava le natiche e le cosce. Non riuscivo a vedere chi fosse, nè riuscivo a capirlo solamente dal suo tocco. Non aveva importanza, però, perché pensavo a loro come a un'entità sola. *Loro* erano i miei mariti e le loro mani erano le stesse. Connor o Dash, erano miei e potevano toccarmi, giocare con me, perfino sfruttare il mio corpo come meglio credevano. L'avevano fatto, prima, a casa di Laurel, e io me l'ero goduto.

Dash mi venne accanto e mi prese i seni. «Adoro i tuoi seni, dolcezza. Sono così grandi, così perfettamente reattivi.»

Non avrei potuto essere più d'accordo, dal momento che quando le sue dita presero a torturarmi i capezzoli, io mossi i fianchi. Connor mi tirò fuori il plug ed io esalai, sentendomi vuota. Non mi tenne così a lungo, mi infilò nuovamente dentro il plug, per poi ritirarlo fuori, ancora e ancora. Il legno liscio si stava lavorando i tessuti sensibili appena all'interno del mio ano e la mia eccitazione tornò a divampare. Era una sensazione diversa dall'avere le loro dita affondate nella figa, o dal farmi scopare dai loro cazzi. Nell'ano era tutto più intenso, un piacere oscuro che mi ricopriva la pelle di sudore e mi mozzava il respiro.

«Come ti senti, ragazza?» mi chiese Connor.

«Apprezzata,» gemetti. Le mani degli uomini smisero per un attimo di dedicarmi attenzioni, poi ripresero.

«Sì, è vero. Sei apprezzata,» mormorò Dash.

Connor rimosse di nuovo il plug, gettandolo sul letto. Dash gli porse il vasetto di unguento lasciato sul comodino e, nel giro di pochi istanti, sentii il pollice unto girarmi attorno all'apertura e allargarmela. Si mosse in circolo, poi affondò dentro e si ritrasse, come se mi stesse scopando.

«Ti fa male, ragazza?» mi chiese.

Con Dash che mi stuzzicava e strattonava i capezzoli e il pollice di Connor a lavorarsi il mio ano, dolore non era ciò che stavo provando. Scossi la testa contro la trapunta. «No,» esalai. «È... è bellissimo, ma mi sento vuota.»

Dash fece un passo indietro ed io voltai la testa per guardarlo mentre si toglieva le scarpe e si spogliava. Mi venne l'acquolina in bocca alla vista del suo uccello, quando si liberò dai confini dei pantaloni. Era lungo e spesso e sapevo che sarebbe stato caldo e duro come la roccia se me lo fossi preso in bocca. Lui si spostò per sdraiarsi accanto a me sul letto e Connor estrasse il pollice da dentro di me.

«Vieni qua sopra, dolcezza, cavalcami,» mi disse Dash.

Non me lo feci ripetere due volte. Salii sul letto con un ginocchio, poi con l'altro e avanzai verso di lui. Gli occhi di Dash si concentrarono sul movimento e l'ondeggiamento dei miei seni man mano che mi spostavo. Riuscivo a sentirne i capezzoli duri, bramosi di essere succhiati. Tutto il mio corpo ardeva di desiderio.

Mi sollevai sulle ginocchia ponendole ai lati dei suoi fianchi. Dash si afferrò l'uccello alla base ed io mi abbassai per allinearne la punta stondata con la mia apertura bagnata. Con una mano sul mio fianco, lui mi tenne ferma. Lo guardai negli occhi e lo implorai. «Ti prego, Dash. Per favore, scopami.»

I suoi occhi erano così scuri e carichi di desiderio. «Ah, dolcezza. Quelle sono le parole che ti ho detto che avresti pronunciato. Sei mia.»

«E mia,» mi disse Connor al mio fianco. Si era spogliato anche lui e il suo uccello era proprio alla mia altezza. Riuscivo a vederne il liquido luccicante sulla punta. Lui affondò le dita nel vasetto di lubrificante prima di posarlo nuovamente sul comodino, poi si ricoprì abbondantemente il cazzo con l'unguento.

«Non ci avevo creduto,» ammisi. «Non avevo creduto che fosse possibile sentirmi così, non solo per un marito, ma due. Non voglio più essere com'ero prima. Mi avete chiamata pungente come un cactus.» Scossi la testa. «Non voglio essere così. Vi prego.» Implorai mentre muovevo i fianchi in cerchio, ricoprendo la punta del suo uccello con la mia eccitazione.

Dash mi lasciò andare ed io scivolai verso il basso sulla sua erezione dura, un delizioso centimetro alla volta. Spalancai gli occhi nel sentirlo e riuscivo a capire dal modo in cui serrava la mascella e da come si fossero arrossate le sue guance che lui riusciva a percepire quanto fossi bagnata per colpa sua. Era il suo seme di quando mi aveva scopata contro il muro a rendergli facile l'ingresso.

Afferrandomi da dietro la nuca, lui mi attirò a sé per un bacio e i miei capezzoli sfregarono contro i peli morbidi del suo petto. Il mio corpo era docile e malleabile tra le sue braccia e mi sarei arresa – volentieri – a qualunque cosa avessero desiderato.

Sentii il letto piegarsi sotto il peso di Connor, percepii le sue mani sui fianchi, i pollici che mi allargavano le natiche un attimo prima che la punta stondata e scivolosa del suo uccello mi premesse contro l'ano. Avevo adorato la sensazione di un cazzo stretto dentro la mia figa mentre avevo un plug nel didietro, ma quello sarebbe stato diverso. Si sarebbe trattato di due cazzi insieme, di entrambi i miei uomini che mi prendevano, che mi rivendicavano. Saremmo stati insieme ed io sarei stato l'anello che ci univa. Era ciò che vedevo con Laurel e i suoi mariti. Per quanto gli uomini fossero quelli forti, quelli dominanti nel loro matrimonio, era *lei* a tenerli uniti, a renderli una cosa sola.

Avevo desiderato ardentemente una cosa simile quando li avevo visti con la loro nuova bambina, e adesso provavo la stessa cosa io stessa. Sollevai la testa dal bacio di Dash, lo guardai – lo guardai *davvero* – e vidi un uomo che amava sua moglie. Non si stava rotolando sotto le coperte, nascondendo il suo corpo, i suoi sentimenti, *nulla*. Potevo essere stata io ad essere stata esposta, messa a nudo e di fronte a dei sentimenti e delle sensazioni per la prima volta, ma anche lui mi stava dando tutto.

Dash non tratteneva nulla – né il suo corpo, né la sua mente, né la sua anima. Il suo cuore, riuscivo a vederglielo negli occhi, sentirlo mentre mi stringevo attorno al suo cazzo, assaporarlo nel nostro bacio.

«Sì,» esalai. «Lo voglio. Voglio te, Dash.» Mi guardai dietro la spalla mentre Connor premeva con più insistenza contro il mio ano. I suoi occhi scuri incrociarono i miei. Trassi un respiro profondo e rilassai tutto il mio corpo e, mentre lui infrangeva l'ultima barriera a dividerci, sussurrai il suo nome. «Ho bisogno di entrambi.»

A quel punto gli uomini ringhiarono, un verso dal profondo della gola, e cominciarono a muoversi. Mentre Connor spingeva in avanti, riempiendomi, Dash si tirava indietro alternando i loro movimenti. Ero così piena che gridai di piacere. Non potevo fare altro che soccombere ad ogni loro desiderio, dal momento che sapevo che non mi avrebbero dato soltanto piacere, ma anche i loro cuori.

E così mi lasciai andare del tutto, mi concessi a loro e lasciai che mi portassero al limite dell'orgasmo, trovando dei punti a fondo dentro di me che solo loro potevano toccare. Mentre guardavo Dash negli occhi, lui si spinse verso l'alto mentre Connor era del tutto affondato nel mio ano. Il mio clitoride sfregò contro il ventre di Dash e ciò mi spinse oltre il limite. Urlai di piacere, incapace di trattenermi, la pelle che formicolava, le orecchie che fischiavano e una luce bianca accecante dietro le palpebre chiuse. Mi levai in volo, assaporando la sensazione di trovarmi tra i miei uomini, riempita da loro, una cosa sola con entrambi.

Sentii Dash venire, il suo seme – caldo e spesso – che mi schizzava dentro mentre il suo corpo si irrigidiva sotto di me. Connor non fu tagliato fuori, dal momento che si spinse a fondo dentro di me, il suo uccello che si gonfiava e urlò il mio nome mentre veniva, riempiendomi e rivendicando il mio ano, marchiandomi. Ero persa. Totalmente e completamente persa. Ma quando loro si tirarono lentamente e con cautela fuori dal mio corpo e mi fecero voltare sulla schiena così da restare entrambi sospesi sopra di me, non mi sentii affatto persa. Ero appena stata trovata.

ISCRIVITI ALLA NEWSLETTER

Unisciti alla mailing list per essere informato per primo su nuove uscite, libri gratuiti, premi speciali e altri omaggi dell'autore.

http://vanessavaleauthor.com/v/db

L'AUTORE

Vanessa Vale è l'autrice bestseller di USA Today di oltre 50 libri, romanzi d'amore sexy, tra cui la famosa serie d'amore storica Bridgewater e le piccanti storie d'amore contemporanee, che vedono come protagonisti ragazzi cattivi che non si innamorano come gli altri, ma perdutamente. Quando non scrive, Vanessa assapora la follia di crescere due ragazzi e cerca di capire quanti pasti può preparare con una pentola a pressione. Pur non essendo abile nei social media come i suoi figli, ama interagire con i lettori.

facebook.com/vanessavaleauthor
instagram.com/iamvanessavale

TUTTI I LIBRI DI VANESSA VALE IN LINGUA ITALIANA

https://vanessavaleauthor.com/book-categories/italiano/

www.ingramcontent.com/pod-product-compliance
Lightning Source LLC
LaVergne TN
LVHW011837060526
838200LV00053B/4076